李五泉

山东平原人，1943年生于哈尔滨市，当代作家、剧作家。编审，中国作家协会会员。曾在黑龙江省商业厅任职，后从事文学艺术工作，历任哈尔滨画院书记，哈尔滨市作家协会副主席兼秘书长，哈尔滨文艺杂志社社长、总编辑兼《小说林》《诗林》主编，哈尔滨文学创作所书记。1977年开始发表作品，出版有长篇小说、中短篇小说、散文、随笔二百余万字，编剧有电影、电视剧、话剧多部，主编有《冰城十年文学选》等。代表作有长篇小说《街上有狼》，中短篇小说《老景》《戏班》《走进月光》。曾获东北文学奖、天鹅文艺大奖等多项奖励，作品被译为英、俄、日、韩等多种语言。

散文集

耕读拾零

李五泉 著

百花洲文艺出版社

图书在版编目（CIP）数据

耕读拾零 / 李五泉著. –– 南昌：百花洲文艺出版
社, 2025.6
　ISBN 978-7-5500-4000-7

　Ⅰ.①耕… Ⅱ.①李… Ⅲ.①散文集 – 中国 – 当代
Ⅳ.①I267

中国版本图书馆CIP数据核字(2020)第266806号

耕读拾零
GENGDU SHILING

李五泉　著

出 版 人	陈　波	
责任编辑	余丽丽	
书籍设计	方　方	
制　　作	何　丹	
出版发行	百花洲文艺出版社	
社　　址	南昌市红谷滩世贸路898号博能中心一期A座20楼	
邮　　编	330038	
经　　销	全国新华书店	
印　　刷	浙江海虹彩色印务有限公司	
开　　本	720 mm × 1000 mm　1 / 32	
印　　张	9.375	
版　　次	2025年6月第1版	
印　　次	2025年6月第1次印刷	
字　　数	200千字	
书　　号	ISBN 978-7-5500-4000-7	
定　　价	52.00元	

赣版权登字　05-2020-346

文坛漫记

艺林散记

书斋偶记

编读随记

生活琐记

文坛漫记

丛深的路

写过几篇《梨园往事》，朋友们提醒我写点文坛上以往的人和事。当过多年文学编辑，有机会接触一些让我尊敬的老作家，他们的文学成就，他们的影响，曾经激励过我，一直留在记忆中。时代在发展，人们的价值观念、生存理念都发生了很大的变化，文学创作也随着这种变化而发展着，变得更加多元化、多样化，思想和艺术上的探求也有了更广阔的空间，作家有了更多的用武之地，所取得的成就更为丰厚。但文学毕竟是一棵有根有蔓的常青之树，是同时代生活的反映，是记录一个时代的晴雨表。回过头来看看那些曾经影响过一个时代的作品，会让我们深思而且受益。

提起笔来首先想到的是丛深先生，一来丛深先生的作品曾经有过广泛的影响；二来丛深先生任哈尔滨市文联主席期间，我作为同事，与他有过较多的接触和交流。

丛深先生原名丛凤轩，祖籍山东文登，1928年生于黑龙江省延寿县。早在1946年于哈尔滨第一中学读书时，丛深先生就积极参加革命活动，并秘密加入了中国共产党。由于爱好文学，毕业后便在哈尔滨市文联、哈尔滨市工人文工团、哈尔滨电影制片厂、哈尔滨话剧院等单位从事专业创作。创作的话剧有《祝你健康》《百年大计》《先锋战士》《悲喜之秋》《严济之案件》《胆识之歌》等，电影文学剧本有《徐秋影案件》《笑逐颜开》《千万不要忘记》《奸细》《幸运的人》等，报告文学《南越战地见闻录》《杨再生和"十八刀"》等，共计数百万字。

谈到丛深先生的戏剧创作，不能不提到他的话剧《千万不要忘记》（又名《祝你健康》）。和许多老观众一样，我熟悉丛深先生的名字也是从20世纪60年代观看这部话剧开始的。那时话剧《千万不要忘记》不仅一在哈尔滨舞台上亮相就引起了极大的轰动，而且翻开全国各地的报纸，几乎大多数省、市的戏剧舞台上都在争相上演。拍成电影后，更是家喻户晓，妇孺皆知。戏剧的喜剧色彩和浓厚的生活气息打动了很多观众，剧中的许多台词成了当时日常生活中的流行语言，在街头巷尾传播着。有谁穿件漂亮的制服，会被戏称为"148"；谁家墙上挂张大照片，会被戏谑为"照这么大的相片，能过日子吗？"可见影响之广泛。剧本在修改过程中，曾以《祝你健康》为名。以打印本流传时，看到剧本的北京两大剧院同时决定排演，两大电影制片厂争着要将其搬上银幕。哈尔滨话剧院进京演出后，更是轰动京城，刘少奇、周恩来、邓小平、彭真等国家领导人观看了演出，接见了编导和剧组全体演职人员，称赞丛深"写了一个好剧本"。夏衍曾对丛深说："你这个戏好就好在合情合理，合乎分寸。"可见该剧真实而又艺术地再现了当时的社会生活。

其实《千万不要忘记》的剧情并不复杂，写的是一个叫丁少纯的青年工人，思想单纯，有上进心，在工厂里表现不错，还是车间里的先进工作者。丁少纯业余时间喜欢打猎，因为喜欢一套价值148元的毛料制服，又无钱购买，其岳母私下里向车间的互助会借钱把那件穿着又合身又精神的毛料制服买了下来，并告诉丁少纯，将来多打几只野鸭子，卖了钱还给互助会就是了（卖野鸭子在当时是犯忌的）。丁少纯本来反对把打来的野鸭子卖钱，可在岳母的劝说下，在"可也是啊"的自我安慰中，开始更热心于打猎，结果在忙碌中乱了方寸，把随身带的钥匙掉到了正在组装的电机线圈里，险些酿成大祸。

在今天的观众看来，很难理解剧中的一些矛盾冲突，那是一个提倡艰苦奋斗、崇尚节俭的理想时代，剧中的矛盾和冲突真实地反映了那个时代人们的精神面貌，贴近当时的实际生活，又充满了喜剧色彩，给观众更多的是会心的微笑。当然，受时代的局限，剧中的人物和人物之间的矛盾冲突，也打上了明显的阶级烙印，这也是后来引起争议的焦点。

1992年，丛深先生写了《我的幸运与不幸》发表在《小说林》上，文中除了提到"作家的局限性"外，还详细讲述了《千万不要忘记》写作和修改的过程。回过头看，这对我们了解剧本的原本创意与时代的关系是很有意义的。

话剧《千万不要忘记》是丛深先生在电机厂体验生活写出来的。那时他在电机厂挂职，任党委办公室副主任，并深入到水轮发电机车间参加劳动，和普通职工一样住在单位宿舍里，周末才回家，在摸爬滚打中构思出了剧本。最初，剧本的名字是《还要住在一起》，剧本送去《剧本》月刊发表时，编辑部急电将丛深先生召到北京，说剧名《还要住在一起》有"和平共处"之嫌，一定要换个名字，便有了《祝你健康》的剧名。后来哈尔滨话剧院排戏，请市委领导来审查，一位领导看过戏后提出意见，认为《祝你健康》的名字不合适，建议将剧名改为《千万不要忘记》，并让作者在全剧结尾处加了一大段关于阶级斗争的台词。丛深先生的内心不愿意再改剧名，但又不能不尊重领导的意见，最后该剧在《剧本》月刊上正式发表时，出现了《千万不要忘记》又名《祝你健康》两个剧名。

该剧演出后，引起了轰动效应，也出现了一个耐人寻味的插曲。1964年，新华社的"内参"上突然刊登了一条消息，说丛深因话剧《千万不要忘记》的演出，共得到稿费和演出费20万元。20万元在当时可是个天文数字，一个写剧本提倡艰苦奋斗的作家，把20万元装进个人腰包，那还了得，外界哗然，作者个人的压力更大。实际情况是，丛深因写《千万不要忘记》，先期收到稿费和演出费16000元，在请示了领导之后，上交了10000元的党费，自己留下了6000元。领导曾指示让他留下10000元，交党费6000元。后期各地方剧院又陆续寄来了万余元的稿费，丛深先生分文没领，全部交给了话剧院处理。

中宣部派人下来调查，得知真实情况后上报中央，指出"内参"反映的情况并不属实。但事情并没有到此结束，可能是为了防微杜渐吧，中宣部有针对性地发了一个通知，从此取消了剧院上演原创剧目要付报酬给作者和剧团的规定。这一传言连累了更多的作者。后来才知道，那20万元是有心人统计全国各剧院上演《千万不要忘记》演出的场次而得出的结论。

同样是《千万不要忘记》，在"文革"时期被江青多次点名批判，指责该剧"写了中间人物"，"突出了资产阶级"。丛深先生在回忆1957年以后的创作心态时，曾经引用《论语》一句话："如临深渊，如履薄冰。"这种战战兢兢恐怕是当时大多数文艺工作者心态的真实写照了。

丛深先生写过一些带有轻喜剧色彩的作品，他本人倒是一个严谨之人，不吸烟，不贪酒，做事规范。读你的文章，随时能挑出错别字，听你讲话，能够及时指出中肯意见。喜欢开玩笑，但分场合，做人做事认真，而且极容易相处。他钟情于自己的事业，不辞辛劳，不计利害，全力以赴。1950年，中国人民志愿军入朝作战刚一个多月，年轻的丛深作为文艺界代表，就跟随祖国派出的第一个慰问团开赴朝鲜战场，慰问汽车兵，在战火纷飞的前线，奔波了一个半月，圆满地完成了任务。1965年，越南人民的抗美斗争正进行得如火如荼，中国作家协会派出了作家访问团，访问团一共有四位作家，分别赶赴越南北方和南方访问。访问北方的作家是巴金和魏巍，访问南方的两位青年作家，一位是徐怀中，另一位是丛深。他们取道柬埔寨进入越南丛林，进行了四个月的战地采访，头上随时有美军的炸弹落下来，脚下随时有踩上地雷的危险，钻地道、夜行军、雨中露营，随时躲避着美军的袭击，几经出生入死，身边常有保护他们的越南战士倒了下去。目睹了越南人民反侵略斗争的艰难历程和大无畏的精神，丛深回国后写下了长篇报告文学《人民战争的汪洋大海》，发表在《人民日报》上，让中国人民及时了解到越南人民反抗美国侵略者的真实情况。

丛深先生的辛勤创作，也得到了社会的尊重。1956年，丛深曾出席全国青年文学创作者会议；1966年，曾参加以郭沫若为团长的中国作家代表团，出席了亚非作家紧急会议；他曾任中国文联第五届委员，第三、第五、第六届全国人大代表；2004年出版了三卷本的《丛深作品自选集》。

纪念乌·白辛

今年是赫哲族作家乌·白辛逝世40周年的日子，他的家乡以及文学界为他举办了包括文集出版和作品研讨会等一系列的纪念活动，来缅怀这位富有才气的少数民族作家。乌·白辛后期的创作活动，以及他的几部代表作品都是在哈尔滨完成的，他在电影、戏剧领域取得的成就，使他和丛深等几位老作家成为建国后十七年文艺创作的领军人物。

乌·白辛原名吴宇洪，祖籍乌苏里江支流毕拉河畔红石砬子村，先祖乌定克·苏清河是一位负责向清朝廷进贡貂皮的佐领，17世纪中叶，和其他几个氏族随满洲镶红旗迁居到松花江上游吉林境内西响水河定居。从他的曾祖父吴成惠起，改"乌定克"为吴姓，并入了满洲籍。

乌·白辛1920年出生于吉林市，毕业于私立毓文中学，当时迫于父亲的压力，考入沈阳佛学院。笃信佛教的父亲希望把他培养成一位谙熟佛学的弟子，但思想活跃、从小就喜欢文艺的乌·白辛，无论如何也适应不了沉闷的读经生活，在那里学习不到一学期，他就逃离了佛学院，开始了独立生活。凭着自己的天赋，乌·白辛考入沈阳协和剧团。当上演员，先后参加《雷雨》和《舰队的毁灭》等剧的演出。由于他的出色表演，后被当时的"满映"聘请，参加了电影《在地平线上》的演出，因该影片有"反满"倾向，影片被查封禁演，乌·白辛也因义愤而离开了沈阳。回到吉林后，出于对戏剧事业的热爱，他又组织了教师业余话剧团，自编、自导并演出了话剧《松花江上》，后在演出话剧《后台》时，又触犯了日伪当局，剧目被查封，剧团被解散。

没有了演出舞台，桀骜不驯的乌·白辛又拿起笔，用柳如丝、庚辛余、吴大海的笔名，开始在报刊上发表诗歌，以宣泄心中的愤懑。这期间的代表作品有《南行草》《九月之歌》等，这些作品让他的名字再次上了黑名单。也是在这个时候，他结识了当时中共吉林特别支部的负责人，参加了中共地下党领导的革命工作。1946年，他被任命为吉林文工团团长，后转入东北民主联军，先后任中国人民解放军第四野战军第一纵队文工团副团长和戏剧教员、编剧、导演、随军记者等职，开始了他握笔的戎马生涯。

也是在这个时期，他的创作才能和激情得到了充分发挥，先后创作了歌剧《鞋》《好班长》、话剧《四海为家》等作品，这些作品为他赢得了荣誉，他在部队荣立一等功，并被授予"工作模范"称号和二级勋章。

全国解放后，乌·白辛被调入八一电影制片厂从事编导工作。他喜欢旅游和探险，喜欢探索新的人文环境，美丽的自然风光、神秘的历史遗存都让他陶醉不已。怀着对大自然的钟情和对历史文化的向往，他多次带摄制组深入新疆、西藏等边远地区，走万里路，以独特的视角拍摄艺术纪录片《在帕米尔高原上》和《伞兵生活》，以绚丽的画面，清晰而富有内涵的结构，向观众展示了难得一见的多彩生活。在西藏札达县西的札不让村，他们拍摄了古老的古格王国遗址。这是一座兴盛于公元十世纪的古老王国的都城，依山而建，由于岁月的侵蚀，保留下来的已是残垣断壁，但宫殿、窟洞、碉堡、暗道、佛塔等遗址依稀可见，向世人揭示了一个几乎被人遗忘了的古代王国的历史风貌。这部文献纪录片，不仅引起考古界的高度重视，也引起广大观众的浓厚兴趣，对普及文物知识和后来开展大规模调查和保护工作，起到了推波助澜的作用。

后来乌·白辛根据多次深入新疆、西藏的经历，写出了长篇游记《从昆仑到喜马拉雅》，记录了他在边疆地区的所见所闻，向人们展示了一个未知的神奇世界，作品文字优美，读来令人神往。

1958年，乌·白辛由部队转业，先后调到哈尔滨市话剧院、哈尔滨市文联从事专业创作。重新回归舞台剧的创作，使他有了更多的用武之地，这期间他的创作也出现了一个新的高峰，不仅写出了享誉全国的电影剧本《冰山上的来客》，还创作了话剧《赫哲人的婚礼》《董存瑞》等富有探索精神和创新意识的舞台剧，为他的艺术创作开辟了一个新天地。

写到乌·白辛先生在哈尔滨的创作活动，想起一件往事。

那是1965年的夏天，当时的市工人文化宫业余文艺学校办了一期编剧班。那时我对戏剧的兴趣正浓，有幸成了编剧班的学员。编剧班业余时间上课，经常请一些剧作家来讲课，传授创作经验，这也是学员们最感兴趣的课程，自然翘首以待。有一天晚上，上课时间已过，在人们焦急的等待中，教室的门打开了，负责办学的李正春老师请进来一位身材魁梧、面色黝黑的中年人，因为事先接到消息，不用介绍大家就知道这就是乌·白辛先生了。他并没有坐到为他准备好的讲桌前，而是坚持坐到靠窗的一张长沙发上。他也没有讲述大家所期待的《冰山上的来客》和《赫哲人的婚礼》的创作经验，而是用缓慢的语调讲起他在帕米尔高原上的见闻。那天晚上他看上去有些疲倦，声音也有些低沉，这多少让年轻的学员们有些失望。好奇心和对作家的敬重凝聚了大家的注意力，慢慢地乌·白辛的讲述也进入了精彩阶段，在娓娓的讲述中，把人们带进了他所营造的氛围中。冰山上的雪莲、冰川中的睡美人、奇异的风土人情、绚丽的边疆风光，这些都在他的讲述中涂上了神秘而传奇的色彩，让人耳目一新。听得入神的学员，甚至分辨不出哪些是乌·白辛先生亲历的场景，哪些是他转述的故事。陶醉之中，一个多小时过去了，当乌·白辛先生起身告辞时留给听众的竟是意犹未尽的感觉。

这场别开生面的讲座，让我联想起他的戏剧作品，他的电影《冰山上的来客》，话剧《董存瑞》和《赫哲人的婚礼》，虽然谈不上"离经叛道"，但无论是形式上，还是内容上，他的探索创新意识，都给观众留下了与众不同的深刻印象。

后来我调到文联工作，那时乌·白辛先生已作古多年，昔人已乘黄鹤去，文联的一些老同志谈起乌·白辛的往事，星星点点，勾画出一个富有个性的作家形象。他善酒，有海量，喜欢旅游、钓鱼，水性极好，据说能双手举过头顶踩水过江。有一次他去巴彦体验生活，不坐车，不乘船，而且是把随身带的生活用品封装包好，背在身上，顺江而下，中途累了，就上岸休息，生火做饭。可见乌·白辛先生做人做事的性情，极富浪漫色彩和探险精神。他喜欢走出书斋，走进生活，在社会生活中扮演各种角色。在一些正式的场合中，他可以西装革履、温文尔雅，以作家的身份和人交流，在另外一些场合下，他身穿棉袄，腰扎麻绳，在人群中间谈笑风生。他的一些"乖戾"行为也受到一些误解和非议。他并非有意游戏人生，他想让自己融入生活，用自己的视角去观察生活、感悟人生，去发现在书斋时难以发现的新鲜事物，去挖掘寻常生活中蕴藏的激情，并把它注入自己的作品。

在创作话剧《赫哲人的婚礼》前，乌·白辛回到先祖乌定克氏族生活的三江平原。在这块赫哲族人生存的土地上，他四方走访，聆听赫哲族老人讲述古老的传说，听他们用苍凉的声调演唱《依玛堪》，歌颂传说中的民族英雄。赫哲人的苦难历史和他们不屈服的斗争精神，激发了他为民族写一部史诗的激情，不久一部无场次的话剧《赫哲人的婚礼》诞生了。这是一次大胆的探索和尝试，打破了话剧的传统表现手法，为了便于表现民族的历史，采用了时空变换不受场景局限的方式，对赫哲族的历史进行了立体的诠释。为了突出赫哲族民族文化的特点，他把民族歌舞搬上话剧舞台，使全剧充满了浪漫与写实、广角与聚焦并用的厚重色彩，形成了气势磅礴的史诗氛围。

可惜这位富有才华的作家，在动乱年代，在太阳岛上用烈酒和毒药结束了自己的生命，陪伴他的是江水、柳枝和无言的幽愤。悲歌东逝，江水可鉴，终年46岁的乌·白辛先生，正在创作的鼎盛时期啊！1988年我在市作家协会编辑《冰城十年文学选》时，编发了乌·白辛的夫人高兰送来的他生前写自帕米尔高原的一封信，文字优美，情真意切，再次坦露出他热爱生活、钟情自己事业的博大胸怀，收入这封信也是同仁们对这位作家的一个很好的纪念吧。

送林予

林予走了，在同病魔抗争了一年半的时间后，悄然离去。

1992年6月的一天，我乘8路汽车从文联回编辑部，那时编辑部还在九站街12号办公。那天风很大，又是下午，车上意外地冷清，有不少空座位，一上车就看见林予坐在车尾部座位上向我招手。我过去坐到他身边，林予告诉我，他刚从医院回来，经医生检查，他肝部长了肿块，初诊是良性的，需要到上海复诊。

林予把"良性的"说得很重，但脸上仍然透着一份凄然，车厢里的气氛显得很压抑。在这以前有一段时间，林予一直身体不好，住过几次院，但我仍然不相信会有不治之症侵袭他，为了宽慰他，我说了些安心养病，不要介意的话。车很快到了九站，下车后我又陪他走了一段路，才返回编辑部。第二天一上班，林予的夫人赵润华就打来电话，告诉我林予病已确诊，得的是肝癌。赵润华嘱咐，为了便于治疗，暂时不要把病情真相告诉林予。

接电话时阿成也在总编室，我们都很吃惊，都不相信或者都不愿意相信这是真的。在他去上海复诊治疗时，文联的同志们也都抱着一线希望，因为在那以前，丛深有过"吓一跳"的经历，当时丛深在哈尔滨初诊疑为癌症，到上海复诊时被完全排除，一场虚惊后出现了皆大欢喜的局面。人们希望在林予身上也能出现一次奇迹。

从上海传来的消息令人失望，林予得的是肠癌，已扩散到肝。

林予是我的师长，作为业余作者，十多年前我和他相识，熟悉起来还是在1984年我调到编辑部工作后。我和林予的夫人赵润华老师是同事，和林予接触多起来。后来我调入市作家协会，林予是作协主席，我是秘书长，我们共事两年多，彼此有了更多的了解。

林予待人平易而随和，20世纪五六十年代，林予创作的长篇小说《寨上烽烟》《雁飞塞北》和电影《边寨烽火》给他带来很高的声誉，《芦笙恋歌》中的"阿哥阿妹的情谊长"唱遍大江南北，具有永久的魅力。林予被选为中国作协理事、省作协副主席、市作协主席。近年来，他与人合作创作了长篇小说《有情人难成眷属》等作品外，很多时间和精力放到组织创作上，联系作家，组织笔会，辅导青年作者写作。常有人拿作品给他看，他都认真对待，提出自己的意见，有时还动手帮助改稿。对于较成熟的作品，他积极向编辑部推荐，帮助跑出版社联系出书。我作为一名编辑，深知其中要付出的心血。林予不仅在创作上帮助业余作者和青年作家，在生活和工作上也给予许多关怀，他常为他们的住房、工作、职称等问题奔波，为此经常不惜再去求助别人。

在他周围集聚了一批年轻人，他家的客厅里便有着文学沙龙的热烈气氛。

　　林予做人做事真诚而认真，他在20世纪60年代创作的长篇小说《雁飞塞北》曾产生过广泛的影响，不仅给他带来了声誉，不幸也给他带来了灾难。"文革"初期，红卫兵运动尚未兴起，由上而下地批判"三家村"的时候，在外地深入生活的林予被召回来，一系列帽子扣在他的头上，一系列罪名安在他身上，林予成为我省文学界第一个被揪出来的"三反"分子。林予除了震惊便是痛苦了。林予中学时代便在上海《大公报》上发表作品，后来参加人民解放军，在西南军区搞专业创作，1958年随十万官兵转业开垦北大荒，过着爬冰卧雪、艰苦卓绝的屯垦生活，这些都在他的作品中有着充分的反映。一夜之间在人生道路上惨烈的变化，使林予陷于痛苦，一个人痛苦至极便是绝望，绝望至极的林予吞下一瓶安眠药。自杀并非都是因为脆弱，一个真诚的人往往会用死来表示自己的清白和对不公正命运的抗争。在那以后不久，剧作家乌·白辛和诗人朱彩斌都是以这种方式给自己的生命画上了句号，造成了文学界难以弥补的损失。林予的幸运是那时候尚没有"天下大乱"，"文革"还处于自上而下的有组织的阶段，林予得到了及时的抢救，他的咽喉处留下了当时抢救手术时的伤疤。

　　改革开放以来，在向市场经济过渡期，社会分工和经济分配方面出现了诸多不平衡，写作者变成了低收入阶层。林予为了送北大毕业的女儿新新出国留学，不得不四处奔波，承受着一定的经济压力。但这一切并没有改变他对文学的执着和痴情。他在市肿瘤医院手术前，我去医院看他。他是重患，一个人住在一个大病房里，昏黄的余晖照在窗户上，给病房的墙上抹上一层橙黄的色彩。为了排解他术前的紧张情绪，我陪他聊天，我们谈得很晚，那天他很激动，整个晚上，除了谈到在加拿大留学的女儿外，主要是谈文学，谈他的创作历程，谈他拟写的自传体小说，一直到晚上十点多。我起身告辞的时候，林予提议天太晚了，让我留在病房里过夜。我因为第二天早上有事，还是告辞走了。走在路上，我又有些后悔，觉得应该陪他，但回去又得敲值班人员的门，会有许多麻烦，犹豫片刻，还是走了。没想到事后他两次向我解释，说他不知道我有急事，那天不该留我。我知道他把这件事情看得重了，这倒使我内心十分不安，决定找时间多陪他聊聊，以排解一个重病人的寂寞。后来他病情日趋严重，请了专门护理人员，也就没有了机会。

后来他病情严重时，我去医院看他，他已经卧床，说话都困难了，只能在用水湿润了嗓子后，才能发出轻而沙哑的声音，需要把耳朵附在他嘴上才能听得清他说什么。就是在这种情况下，他一匙一匙地喝着水，用轻而沙哑的声音询问起西北作家出版的几部长篇小说的内容和反响，这种对文学的极大关注和始终不渝的情感，令我禁不住含泪。

林予对事业的投入是全身心的，在生活中常有轶事传闻。他们家住在和兴路34号时，林予住二楼。有一天林予下班回来，一路思索，精神比较集中，进单元门上了楼梯，在二楼没有停下来，径直上了三楼。城市公寓建筑是格式化的，每个楼层的格局一致，林予便在三楼推开自己的"家"门，走了进去，发现有一个老太太在厨房做饭，这使他一愣，但很快作出判断，认为是岳母来了，心里还纳闷，埋怨赵润华也不打个电话给他，还让老太太下厨房做饭。林予便进厨房亲切地打招呼，还在做饭的老太太回过头来，笑眯眯地望着他，林予这才发现认错了人，走错了门，忙连连道歉，退了出来。

林予在生活中有许多可敬可爱的故事，在文联流传甚广，丛深多次笑谈过"林予轶事一百例"，这里举出的一件小事，足看出林予多彩面貌之一斑吧。

林予是敦厚的，人们向他隐瞒病情，他也就深信不疑，无论是在上海治疗时，还是回到哈尔滨，他都积极配合。在家时，每天早上由夫人赵润华陪着到江边练气功，还参加一些力所能及的活动，对恢复健康充满了信心。后来，他偶然知道了自己病情真相，但他仍然没有失望，一直同病魔抗争着。这期间组织上投入了人力财力，全力治疗他的病，夫人赵润华和其他亲属精心照料，去年暑假，女儿汪新从加拿大回国看他，全家团聚一堂，对他是很大的慰藉。最后终于因为是不治之症，林予离去了。

林予走了，离开了他走过的63年的人生轨道。送林予西行时，朋友和故人都很感慨，林予是富有才华的，和许多那一代作家一样，由于自身以外的原因，他们在取得成就的同时，也留下一些遗憾。今天，当时代和读者期待他笔耕时，他却放下了手中的笔。林予走了，留下了他的著作，他文学才华的结晶，也留下他的遗憾，尚未完成的自传体小说——对他走过的文学道路的回顾和总结；林予走了，带着对夫人的牵挂，对独自一人在海外留学的女儿的牵挂，对自己未竟事业的牵挂，悄然离去了。

悲哉林予。

晚年的林予

　　林予，原名汪人以，江西上饶人。1949年在南昌以青年学生的身份，参加了刚刚渡江南下的中国人民解放军。那时他已经在上海的《大公报》上发表作品了，算是文学青年。参军后先在文工团搞创作，第四兵团进驻云南昆明后，他调到兵团文化部编《文艺生活》，后调到《解放军文艺》当编辑。这期间他创作出版了短篇小说集《森林之歌》《风雨江河》《我们的政委》和长篇小说《寨上烽烟》，并与人合作创作电影剧本《边寨烽火》等作品。

　　1958年，林予随十万转业大军来到北大荒，过起爬冰卧雪、垦荒戍边的新的创业生活。在这里他写出了长篇小说《雁飞塞北》，这部凝聚着一代拓荒人心血的作品，在当时产生过广泛的影响，也给林予先生带来了很高的荣誉。也是这部作品，在"文革"开始时，使他首当其冲地成为被批判的对象。那时运动还处于批判"三家村"的初级阶段，大规模的红卫兵运动还没兴起，已经调入省作家协会从事专业创作的林予先生被从外地召回，被扣上"三反"分子的帽子，接受批判，成为我省文学界第一个被揪出来的"反动权威"、"黑"作家。在那个年代，政治上的高压足以让人精神崩溃，毫无思想准备的林予先生被这突如其来的灾难击垮了。在孤立、迷茫和痛苦中，他吞下一整瓶的安眠药，想用死来解脱自己。幸亏当时还没有"天下大乱"。林予先生得到及时的抢救，挽回了他的生命。

"文革"后期，各协会恢复工作后，林予先生被调到哈尔滨市作家协会工作，任协会主席，并从事专业创作。这时文艺界正处在百花凋零、百废待兴的阶段，他把大部分精力放到培养业余作者、壮大作家队伍的工作上。他组织笔会，给青年作者看作品，提出自己的意见，他周围经常聚集着富有才华和朝气的青年作者，他的家里更是青年作者经常聚会的地方。对于一些较成熟的作品，他极力向编辑部推荐，与出版社联系出书。当时我作为一名文学编辑，深知这要付出多少心血，对于一位资深的老作家，此时正是应该静下心来搞创作的时候。后来我在老作家苏策写的一篇回忆录里读到了林予在青年时代帮助一位同仁完成一篇小说创作的故事，苏策写了那件事情的全过程，并写下这样一段话："汪人以助人为乐的事情很多，但这件事情给我的印象最深，因为从没听说哪位作家像他那样帮助别人。"林予先生的这种胸怀，使得许多青年作者都成了他的忘年交。

作为市作家协会主席的林予先生，不仅在创作上关心青年同志，在生活和工作上同样倾注了心血。20世纪80年代，市文联为了繁荣文学创作，决定组建一支专业作家队伍，这支队伍中的一些青年作家就是在他的大力推荐下,从各单位调入文联的。林予先生为他们的住房、转干、职称等切身利益问题四处奔波,为此不惜求助别人。时任文联主席的丛深和蒋巍都给了他很大的支持。两位领导多次到他家里,共同商讨解决问题的办法,给了他充分的理解和尊重。作家们调入文联后,先后都评定了职称,但解决不了与职称相关的待遇问题。为了解决这一问题,文联与有关部门协商申请了单列的事业编制,成立了文学创作所,由诗人巴彦布任所长,使这支队伍逐步稳定下来。

"文革"前创作活跃、成绩斐然的林予先生,这个时期有些沉寂,他是个不满足自己而又肯于自责的人,私下里也流露出不安的情绪。有一次在作家协会的办公室里,偶然谈起他的创作情况,他很诚恳地解剖自己,他说改革开放以来,文学创作的观念在更新,突破了许多禁忌,使当代文学作品的思想性和艺术性都有了质的飞跃。面对波澜壮阔的现实生活,他深感自己思想深处的禁锢难以逾越,和一些富有才华和朝气的青年作家比,他感到自己落伍了。

其实时代的局限性留给人们的烙印,对每一位作家都是难以治愈的伤痛。但每一个作家的人生体验,是得是失,都是独有的财富。那时他与丛深、刘水长两位先生合作创作的话剧《间隙与奸细》,后改编成电影《奸细》,都产生了良好的社会反响。他与谢树先生合作创作的长篇小说《有情人难成眷属》也得以出版。这些作品都在证明林予先生在跋涉中的坚实足迹。

说到林予先生对作者的关心,还有一件小事让我难以忘怀。

1990年，我的一部中篇小说《红屋顶小楼》改编成电影，由长春电影制片厂拍摄上映。这虽然是一部普通的影片，不值得张扬，就我个人来说，自己的作品得到社会的承认，毕竟是一件值得高兴的事。有一天林予先生打来电话，让我到他家里去，当时我刚从作家协会调到编辑部工作，以为协会里有事需要处理，匆匆赶到他家里才知道，他是特意为电影上映的事让我去的。他拿出那期刊有剧本的《电影文学》送给我，一方面表示祝贺，一方面谈了他对电影的意见。当然鼓励之辞甚多，同时也坦率地谈了剧本的不足，这些意见是中肯的，也是我自己意识到的。平时站在普通观众的角度，常对一些国产电影发表议论，抨击某某电影"糟"，某某电影"假"，可是轮到自己身上，虽然心里并无抵触，大概表面上还是流露出了不自在吧。林予先生看在眼里，便转移了话题，说了些"看花容易绣花难"的道理。我了解他的良苦用心，也努力把谈话的气氛调整得热烈些。时间到了中午，林予先生执意要留我吃饭，并拿出两瓶啤酒。我知道他平日里并不喝酒，在一些应酬场合也喝得很少，见我惊讶，他笑着说："这是特意为你准备的，算是庆贺吧！"我自然十分感激。下酒菜是早已做好的红烧肉，主食是面条，文联的同志都知道，林予先生和他的夫人赵润华老师都不善厨艺，都是"谋道不谋食"的忙人，平常也是凑合着吃的。那天赵润华老师上班不在家，恭敬不如从命，我便洗手下厨。饭菜虽说不上丰盛，对我来说别有滋味在心头，胜过山珍海味和考究的大餐。这虽然是一件小事，足以看出林予先生待人之厚道和真诚了。

林予先生在生活上粗心大意，不拘小节。有一次，林予先生在家奉命腌糖蒜，倒进去的酱酒和醋却盖不住陶罐里的蒜，一斤两斤，往返食杂店买了几次，也没有如愿以偿地将新鲜的蒜完全淹没，直到半陶罐的糖蒜封住罐口，他才恍然大悟，那蒜是漂浮在酱油和醋上边的。

　　晚年的林予先生有两件事让他放不下：一是当时在北京大学就读的女儿汪新，为了送女儿出国留学，那几年他节衣缩食，甚至想到赶时尚做生意，为女儿筹措学费。好在汪新是个聪明的孩子，又很用功，大学毕业后通过托福考试，进入加拿大渥太华大学，并取得奖学金，这不仅对林予先生是个很大的安慰，也减轻了他的经济负担。二是他晚年经常生病，那时虽然成立了文学创作所，作家也都评定了职称，可因受政策的限制，相应的待遇迟迟落实不了，看病住院很不方便，林予先生一度情绪比较低落，这也引起一些误会和议论。更为不幸的是，1993年春天，他在检查身体时初步诊断怀疑得了癌症，并安排他到上海复查。家里人和同事都瞒着他，希望复查时能排除初查得出的结论。有一次我在松花江边散步，看到他一个人坐在长椅上，面对川流不息的江水凝神。我打过招呼后坐下来，为了避开生病的话题，我随意问起他在写什么，没想到他从身边拿出一个洗得很旧的三角兜，从里边掏出一本16开的笔记本，打开向我展示。里边是他熟悉的笔迹，从零星的段落里读出这可能就是他要写的自传体小说吧。

　　大约坚持了一年多的时间，林予先生还是病倒了，住进了哈尔滨市肿瘤医院四楼病房，也就是现在道里区新阳路上的红十字医院。住院期间，护理他的除了赵润华老师外，还有林予先生在哈尔滨的一个弟弟。知道消息的朋友们都去医院看望他，一些青年作家也常去陪他聊天。病房里的饮食单调，知道他爱吃肉，善于烹调的丛深先生特意在家里烧了全肘送来让他品尝。后期林予先生嗓子沙哑，我去看望他时，他一勺一勺地喝着水，还用耳语般的声音，询问当时西北两位作家出版的风靡一时的长篇小说，并感叹我们东北作家落在人家后边。我想他内心深处，一定在惦念他一直想写而尚未写完的那部自传体长篇小说吧！

人生总是有缺憾的，林予先生辞世时，享年63岁。

我说蒋巍

对一个人说长道短，不是件容易事，尤其要说一个作家，要说创作，还要说思想，还要说点生活性格什么的，便要拉杂。

特写之一

这家伙走向讲台，手中没有讲稿，2000多人的大会场人头攒动，喧声沸扬。没人注意，没人理睬台上谁在讲话和讲什么话。每个人都在起劲地谈自己和聊别人。

这是1988年8月15日，黑龙江省著名重点中学——哈尔滨市第三中学举行建校65周年纪念大会。有20世纪20年代走出校门的宏达学者，有80年代毕业的风华少年，白发青丝相映，天南海北久违。校友们有这样一次盛会相聚，惊喜、问候、感慨，谈别后，家庭、工作、人生……学子们聊得沸沸扬扬忘乎所以，会场犹如万人集市热闹非凡。各级领导各方代表致辞，全被这"无政府""无中心"状态的激情淹没……

这时，那个戴着黑框眼镜的家伙要代表60年代毕业生讲话。

肩膀挺宽，脑袋挺大，中等身材，没有什么特别引人注目的地方。尽管那微笑挺自信，可台下照旧海聊。他举起右手，示意大家安静，这动作带点气派，可全然没用。我们国家的会海是举世闻名的，大家都开腻了，上头照讲，底下照聊，互不相干，已成惯例。

"我非常理解在座各位校友此刻的心情。阔别了许多年，相互间有许多话要说，但现在还是让我们一起先谈谈我们的母校，我们的老师吧。"

他的嗓门挺洪亮（在北大荒时闲得无聊常爱对着田野高唱，并自嘲为"野狼嚎"），这几句充满人情的话，居然使会场安静下来。而且没有什么令人厌烦的讲稿，就引人注目，2000多双眼睛转向了讲台……

他无疑受到鼓励，在谈到母校留给一代代学生的优良传统时，他激动得嗓门更大了："我们三中的学生走上社会，无论在事业上成功还是失败，在生活上顺利还是失意，无论在人生道路上遇到怎样的困难与挫折，但在一点上，我们总是强者，那就是在学习进取上，在治学精神上，三中的学生永远打不败！"

全场爆发出热烈掌声。

"此刻，我要特别提到我们的老师。在漫长的人生道路上，我们能够结识许多人，也可能忘掉许多人，但对于我们的老师，我们谁也不会忘记！谁能忘记一堂课讲下来，老师嗓音嘶哑、双肩落满粉笔末的情景呢？谁能忘记在狭小的房间里老师灯下批改作业的景象呢？谁能忘记我们得了100分老师脸上露出的欣慰笑容呢？谁也不会忘记！（热烈掌声）老师就是船夫，他们把一批又一批孩子送达理想的彼岸，而自己不断地出发又不断地返回，不断地从头开始。他们始终是平凡的，但他们以自己的生命和全部心血，铺垫了一代又一代人前进的道路。老师永远是为人类下一代工作的，因此可以说，老师是照耀人类未来的太阳！"

掌声又一次风暴般席卷了大厅。

"……最后，请允许我提议，请大家起立，以最热烈的掌声向老师表达我们最崇高的敬意！"

台上台下，2000多人森林般地站立起来，雷动般的掌声长时间在大厅里回荡，会议推向了高潮……许多老师激动得流下了热泪，一位老教师握着他的手说："这时候我们最幸福。"他说："可惜幸福的时间不太多啊！"

此人便是蒋巍。

散记之一

我认识蒋巍是1986年，他调到哈尔滨市文联当副主席的时候。知道他过去在北大荒时写诗，做了记者后渐渐改道弄报告文学，时常得个这个奖那个奖的。"没有偏激便没有伟大的作家。"文人们常常说起来云山雾罩，干起来虚虚飘飘。我便怀疑他能否当好这个官儿。蒋巍自己也说，文联的头儿，非驴非马，非文非官，半文半官，难哉苦也。什么时候文联没有官了，便是中国改革的一大成果，中国文艺界的一大幸事，他也就谢天谢地了。

文人们一向很潇洒，不坐班而拿工资，时不时地周游各地乃至外国，骂起"铁饭碗""涨价"慷慨激昂，写起文章谈"哲理"，叹"人生"，要多深刻有多深刻，何等风流惬意。文联的头儿十分实际，弄大小报告，开大小会议，分配住房，评定职称，接待上访，柴米油盐，以文养文，乃至调解纠纷，平息内战。共产党胸怀博大，什么事都管都包下来，于是什么事都找你。蒋巍整日价旋风般忙起来。我当时在哈尔滨画院工作，闲暇弄点小说。他是顶头上司，我自然有机会领教他从政的魄力。

他倒是那种敢于负责的"官"。说话做事和他的文章一样"含蓄不起来"。一是一、二是二，是非曲直，直言不讳，从不模棱两可。因此那话讲得让人捏一把汗。1987年春，"反对资产阶级自由化"刚开始，气氛有些紧张，许多人有失落感。他竟然在市创作会议上出"高调"："哈尔滨文艺界的主要问题不是'自由化'的问题，而是创作质量偏低，思想解放不够，创新探索不够的问题。这时候一些大作家可能暂时搁笔看看形势，这正好是年轻作者大胆写，冲向文坛的好机会。"

有人因涉及名利问题吵起来，他一下把人家"顶"到南墙上："搞艺术的，作品才是一生的纪念碑。吵来吵去是没有出息的，都是大锅饭、铁饭碗的后遗症。"

话虽有时讲得严厉，有些气势逼人，但没人怀疑他为人的坦诚和热情。对他有意见的人不能说没有，说他"气量狭小""当面一样背后一样"的没有听到。他做事极认真，去年夏天组织笔会，他领着一批青年作者吃住在太阳岛上，白天晚上看作品、讨论作品；有时亲自动笔帮助修改，一干就是半夜。服务员都奇怪：这几年都是打麻将打到半夜，没有开会开到半夜的。忙里偷闲，他和几个作者游泳晒太阳。参加笔会的青年作者都把他视为"兄长"，相互写信说："玩命写吧，要不对不起咱们的头儿！"

后来《人民文学》《当代》的编辑们来，他便笑着劝人家别搞"大屠杀"。那次笔会比较成功，青年作者的30余首诗、5个短篇、1个中篇上了这两家刊物。

见他忙得不可开交，我又怀疑他是不是和创作绝了"缘"。一翻刊物，有那么几家隔三岔五总有他的东西，"哪来的时间啊？"我问。"你没见两眼熬得赤红如兔吗？"他笑答。果真如此，他那双眼睛、从北大荒红到报社红到文联红到如今。晚间或读书或爬格子，很少十二时以前入睡，来情绪时常干到两三点钟。因此多年来上班总是迟到。在报社当记者没少为此挨批，一批他便笑容满面表示"坚决改正"，第二天紧跑慢跑一看又迟到了十分钟。就凭了这股子劲头，每年总有20万字的作品问世。这对于一位整日忙于公务，从开始到现在一直业余了十几年的作家来说，已属不易了。亏得他从小爱体育，练出一副牛样的强壮体魄和从不知何谓胃痛的胃。

在北大荒苍凉原野上做知青时，他一直写诗，并以"大江东去"派自诩。到了80年代初，眼见舒婷、北岛者流现代派及现现代派们崛起，他自叹弗如，既惊羡其奇丽，又莫明其艰涩。加之做了记者，所见所闻，用诗这一形式来表达不适应了，便笑叹

"既生瑜，何生亮"，赶紧"落荒而逃"。转道报告文学后，还真有那么一些影响了。至于他间或搞的小说，我实在不敢恭维，趣味有余而开掘不深。他边抚红眼边道："报告文学真人真事，真实的才是美丽的、动人的、有力量的，我搞起来就动情。至于小说，我是玩的，像王蒙说的有些潇洒作家，混两盒烟而已。没有东西可写时，笔总不能闲着啊！"

特写之二

1969年5月10日，黑龙江建设兵团独立一团（嘉荫农场），正召开全团排以上干部誓师大会，气氛火爆，紧张得让人喘不过气来。"打倒刘少奇！""打倒彭德怀！"的口号声一浪高过一浪。

这里开展的"清理阶级队伍运动"使全农场笼罩在真正的白色恐怖之中。当时的团长石相如指挥亲信，大搞逼供信，把数百名原农场干部、职工、农民打成"苏修特务集团"，动用了各种法西斯刑讯手段。蒋巍下乡来到这儿，十几天后就调到团部当秘书，团长相当欣赏他的才干，内定要提拔他当"副团长"。可他到各连队调查情况时，那些受害人脱光衣服让他看遍体鳞伤的样子，向他哭诉种种非人待遇和残酷刑罚。

他曾经是红卫兵，当初也很"革命"过一阵子。但此刻，做人的良知冲决了最初的蒙昧。他愤怒了，那支揣来边疆、本来是进文学殿堂偷一点供果的笔，此刻却写开了调查报告，写出了长达万言的上告信，为那些无辜的人申冤呼号。他理所当然地成了

"小叛徒"。上级为此派来工作组调查，同意蒋巍的看法，认为"清队扩大化"了（限于当时的认识）。

在这次所谓誓师大会上，团长的"五虎将"以及诸多骨干跳上台去，杀气腾腾地宣称"不许否定'文革'大方向！""不许砍掉清队重大成果！""不许为特务翻案！"

这时，缩在角落里的蒋巍按捺不住了，他穿过人群，不顾前边搡后边踢，一直登上台拿起麦克风，怒目圆睁，吼道："我要讲话！"

他讲了在连队调查的大量情况，揭露了许多血腥事实，指出所谓"特务团"是逼供信的结果。他的发言不断被全场的吼叫声打断；他靠了牛一样的大嗓门继续讲下去，有几个人跳上来抢麦克风，蒋巍抓住不放并吼道："有真理就不怕辩！"讲完下台，又是一路冰雹般的拳脚和谩骂，他不睬不顾，昂然离去。

大会后，蒋巍被发配回连队"劳动"，给食堂挑水、喂猪、赶马车、种地、伐木，一言一行都有人监督汇报，买饭要五两给三两，宿舍行李被人撒上沙子泼上墨水……他此时也豁出去了。不过完全没有了弄文学的意思，整日价大讲"清队内幕"，并在日记中发些"是七尺男儿生能舍己，做千秋雄鬼死不还家"的感慨。后来，全连知青都站到他这一边。再后来，团长和"五虎将"纷纷被撤职被调出……

散记之二

蒋巍出身知识分子家庭，是家里唯一的男孩子，因此父母管束极严，这个不让学，那个不让弄。尤其是建国以来的文学界，头上总吊着用一根马尾悬着的剑，家里人就竭力反对他弄文学。

他偏偏反其道而行之。小时候游泳差点葬身鱼腹，可后来横渡起松花江来劲头十足。在农场时，珍宝岛事件后，中苏边境局势相当紧张，他和一些胆大的知青常常游到黑龙江中间的小岛上，躺在沙滩上舒舒服服晒太阳，跟过往的苏军炮艇上的士兵挥手。他酷爱滑冰，在中学时代参加了校冰球队，套上盔甲威风凛凛横着脖子撞人（他以冰球队生活为素材写的小说《B-52越过防线》是较精彩的一篇）。他在学校时还参加了篮球队、排球队（他一直以个头儿没能长高深以为憾，否则很想争取去职业球队），至今还活跃在篮球场上，熟识的球友把他誉为"篮球场上的出土文物"。他酷爱围棋，家里备有国手用的高级云子，只是平时不敢摸子，怕耽误时间，只能在周末过过瘾，一下就是通宵达旦。也许是喜欢马的风骨，他从小就爱画马，偷闲时画几笔，倒还有人索去装点白壁。

这许多爱好使他活得相当充实，相当惬意，生活也充满了激情和热力。和他常接触的人常常被他燃烧的热情、达观的幽默所感染。不过他常常自责"缺乏毅力"，弃不掉这诸多的爱好。"这大概能毁了我。"他笑着说，"精力太分散，注定成不了大气候。"

他特别看重自己在北大荒那段苍凉而孤寂的生活和后来的九年记者生涯。回忆起那些时候，他的神情就分外凝重。踏着曙光提着镰刀，踏着露水半睡半醒地走向秋收的田野……围着火炉就着冻梨冻苹果下酒的夜晚，同宿舍的知青逼着他每晚讲一个故事，不讲不许睡觉，后来讲空了就现编现讲……有时兴之所至给大家唱《夜半歌声》，唱得大家黯然神伤，后来为此好一顿挨批。上山伐木时，他看见一位站在他跟前的知青战友被横飞过来的"回头棒子"击中后脑（没有这个战友就可能击中他），当场死去，鲜血染红了白雪。他含泪为战友洗净脸上血迹，换上一套新衣。今年9月蒋巍回农场探亲，特地去墓地祭奠了长眠在那里的近20名知青……

正因为这段难忘的生活，他特别关注着这一代知青的命运，并对他们怀着深深的感情，他说："20年前开始的那场上山下乡的大规模移民运动，作为'文革'的伴生物和极左思潮的苦果，当然是应予坚决否定的。但我们这代人毕竟从那时起轰毁了'反修防修'的乌托邦式的梦幻，并对中国国情有了最痛切的体察和认识。后来知青返城，许许多多的人成了社会的中坚，并以脚踏实地而又眼界开阔、勤于思考而又勇于行动的普遍品格，获得社会的称道，这显然和那段独特的经历是分不开的。"

蒋巍的报告文学有许多篇章就是以知青为主人公的，如《人生环形道》《幽幽的小阁楼》《银河，有一颗星》《头版头条消息》，还有本期《文汇月刊》的《我问自己一千次》等等。翻读这些篇章，字里行间激荡着作家本人真切的感受，对这一代人深切的理解和炽热的情感……

蒋巍的报告文学已连续获第二、第三、第四届全国优秀报告文学奖，还有一些获得全国性征文及各刊物的奖励。不过，提到这些，他还是深感愧怍。他说，他远没有刘宾雁的犀利，徐迟的瑰丽，黄宗英的俊逸洒脱，理由的长袖善舞，陈祖芬的潇洒……但是我以为，蒋巍的报告文学是以他的喷薄跌宕的诗人般的激情而为读者所瞩目的。何况，比起一些一身轻的专业作家来，他公务缠身，没有去全国抓尖端题材的条件，靠经营脚下这"一亩三分地"，有这样的收获也属不易了。

谈到报告文学，他认为，这几年涌现出来一批社会问题的报告文学，以精深博大的历史感与时代感，以感动人的思想力量而被社会广泛关注，这是报告文学的新的突破，他为此深感欣悦和振奋。但是，他又笑着说："很遗憾，美国是个不断提出问题的国家，德国是个不断研究问题的国家，日本是个不断解决问题的国家，法国是个不大在乎问题的国家，而我们中国是个不断把问题搞得复杂化或简单化的国家。文坛就是如此。什么时髦什么热，大家就一窝蜂地去搞。都来全景式大拼盘，都是'大''潮''录'。作家都竭力扮演国务院总理或国务大臣或哲学家的角色，弄点'一览众山小'的气势。我看搞滥了，作家很累，读者也很累。评论家们推波助澜是好事，反过来不大公允。我主张报告文学还是应向两极发展。大的来全景式，上下五千年，纵横八万里；小的深入人的灵魂，写人心丰富正直的世界，写好'人'，以此来观照我们的时代和我们民族之命运。大写意要，工笔也不能否认啊！我没大才气，今后还是想写点有人情味的东西，让笔端深入社会底层，写人性，写灵魂的震颤，我觉得挺有写头。"

这是个星期天，来蒋巍家拜访，晴天白日的，他把窗帘都遮着。室内暗如昏暮，案头亮着台灯，他正伏案看书，我问他为什么。他说他习惯了这种气氛，这样才能不食人间烟火，忘乎一切。

搞文学我自不如他，看他那赤红如兔的双眼和案头烟缸里高高堆起的烟头，我很感佩。这家伙真苦干，成功与否不论，这种活法儿就值。

阿成印象

一

阿成写小说多年了，中篇、短篇，各种题材手法都试过，阿成还写过电视剧本，对他的作品，肯定的、否定的、赞扬的、批评的都有。在这以前，也得过奖。

1986年在太阳岛的一次笔会上，大家对阿成的作品集中说了些批评的话，我也觉得那一段时间阿成的创作进入了低谷。

阿成很平静。

大概是笔会的前一天晚上，大家很松弛，其他人去游泳，我与阿成便闲谈，谈过去，谈现在，谈人生及家庭，漫无边际。谈着谈着，突然觉得谈得太多了，一时收拢不住，收拢不住便索性谈下去，就谈了许多今天不便于写到纸上的事情。

我和阿成是最晚离开笔会的，那天上午，我们站在江边，阿成问："你回去写？"

我说："唔，你呢？"

他说："我想一想。"

阿成的平静是表面的，阿成心里波澜起伏。阿成不会拒绝批评，阿成也不会止于批评，阿成就是阿成，阿成以他独有的方式离开了那次笔会。两年后，他开始连篇累牍地发表作品，到处可以看到阿成的小说，1989年是阿成创作的一个高峰。这一年，《小说选刊》选了他的三篇小说，《小说月报》第九期集中选了他的三篇小说。他的《年关六赋》《良娼》《运气》《横事》以及后来发表的《梁家平话》《人间俗话》等作品，引起文坛的普遍关注，受到好评。其中《年关六赋》荣获1987—1988年全国优秀短篇小说奖。

阿成现在正热得可以。

二

阿成说："文坛沉浮，风骚各领，也就几年的工夫，瞬间即失。"

我说："人生难得几回搏。"

阿成说："搏什么？同谁搏？说说不易而已。"

我忽然觉得这有点像谈禅，便语塞。

三

阿成是个业余作家。

阿成开了十几年的车，大卡车，小轿车，拉货跑长途，跑遍黑龙江的野山野水，一时活得好自在。上层的、下层的，城里的、乡下的，做工的、务农的，见多识广，有感情。后来当了工会干部、俱乐部主任。当主任时，交往一些工人朋友，还罚过小痞子，颇有政绩。后来当编辑，一直坚持业余创作，几年来写了近百万字的作品。

阿成现在任《小说林》总编室主任，审稿，看版式，办得颇认真，很负责任，也很无奈，不断地幻想重干普通编辑。

长期以来，阿成写作只靠星期天（包括节假日）。每逢星期天，阿成一早便躲到编辑部办公室里，沏上茶，铺开稿纸，从早到晚，从容不迫地写。他多是写短篇，一天一篇，再短些的，一天两篇。

当然，阿成的作品还要改。阿成很注重功夫，认为好作品是改出来的。

四

近几年，阿成的目光移到传统的文学语言上来，师法于唐诗宋词，师法于楚辞汉赋。阿成食古而化之，阿成的小说语言是传统的文学语言和现实生活语言的有机结合。

阿成小说中的语言有节奏感，富有色彩和内涵，有很强的表现力和感染力。

五

阿成能侃。

他有一肚皮的故事。阿成讲的，多是身边琐事，所见所闻所经历的。故事多不轰轰烈烈，人物也不高大完美。他讲故事，主要是讲人物，三言两语，人物就出来了，形神俱佳，极夸张又极可信。

阿成也有关于自己的故事。

阿成从北京领奖归来，下车回家，家里人上班的、上学的都走了，阿成便动手烧水，下挂面。水烧开了，下挂面，阿成忽然感到有点那个，毕竟是得奖了，就卧了两个鸡蛋。

阿成得奖后，家里人不再不屑。举一例，某日晚，阿成在灯下读稿子。阿成的爱人提着烧开的水壶，一脚门里一脚门外，有些不甚情愿地问："沏不沏茶？"

阿成为此很感动。逢人便讲。

六

读阿成的小说，像观写意的人物山水似的。

该泼墨的地方，宣泄得淋漓尽致；该点染的地方，浓笔重彩，形神全在笔端处。

七

阿成把烟戒了，说戒就戒，很彻底。由一天两盒，到一支不吸，两年了，还挺得住。阿成意志还算坚强。

阿成说不善酒，我就怀疑。偶有小酌时，他也确实不多喝，很像样地推却，不行，不行，脸都红了，再喝就醉了。

也偶或多饮些，也未见其怎么样，阿成在喝酒上很有城府。

八

　　对阿成小说的所长所短，现在和将来还会有人评论的。阿成的小说将来向哪个方向发展，人们会拭目以待。我不敢恭维阿成将来会怎样怎样，但有一点是可以写出来的，阿成很勤奋，一直在苦苦探索。

　　我想起宋人苏轼的"大江东去，浪淘尽，千古风流人物"的感慨，也记起了不知谁说过的一句颇有哲理的话——一切都是过程——我不知道阿成在这过程中如何表现。

阿成和他的小说

阿成写小说多年，喜欢读书，当司机十几年，又当干部、编辑，接触各色人物，生活底子厚。

阿成写小说，不大喜欢宣言什么的，经常憋着一股劲埋头干。所以，不知道什么时候，从哪个地方冒出个什么，让你大吃一惊。

近年来，文学界的朋友，常有议论写哈尔滨和哈尔滨人，哈尔滨人的文化构成，本土文化和中原文化及侨民文化的影响，由此形成的哈尔滨人的文化心态的所长所短，等等。

阿成不大参与这种议论——起码我听到的较少——他在写。

他悄悄地一篇一篇地写。气力足了便成束地投掷，终于轰炸得让人不能等闲视之。

平日里阿成挺能侃，讲故事，编派人，绘声绘色，让人乐不可支。

阿成小说的语言也就很潇洒。他笔下的松花江、太阳岛、道里、道外，笔下的男人、女人，昨天今天，花红柳绿，都有韵有味，有形有神。但阿成的小说不忘注入自己的色彩，在《年关六赋》里，当议论到太阳岛的名字时，老三的爷爷说："……太阳岛，我取的！"就这么一句话，把人们带进阿成小说独有的氛围中去，绝了。阿成有时让生活服从他的小说，创作出他笔下独有的哈尔滨，也许这更像。

阿成小说写得很"透"，也是《年关六赋》，作者洋洋洒洒，写了父亲、母亲，老大、老二、老三及他们的妻子、孩子。写了年关团聚在父亲的家里，尽着祖宗留下来的亲情孝道。阿成写得温情脉脉，君君臣臣，父父子子，一切都在规矩方圆中，读来让人心热，眼圈发潮。但在娓娓道来的故事里，让人看到了当代意识、五花八门的价值观念对这一传统大家庭的冲击。这冲击表现在人物的一言一行，一颦一笑中，画面色彩凝重，一首微笑的挽歌。

阿成小说写得很勤奋，数量质量都可观，阿成小说的长长短短这里不一而论。这次《年关六赋》获全国短篇小说奖，为他开拓了新起点。阿成是不发宣言的，也就说不准他下一步是什么，但阿成劲挺足，雄心也不小，这就让人翘首。

永远的巴金

　　巴金走了。作为现代文学史上的一位巨匠，巴金的文学作品影响了中国几代读者。尚在学生时代，我周围喜欢文学和不喜欢文学的人，就都知道巴金的名字以及他的代表作品。我读《家》《春》《秋》时，还是一个懵懂少年，所谓"少年不知愁滋味"，那时未必能理解作品的真切含义，但作品中的人物命运，却深深地打动了一个懵懂少年的孤独心境，作品中浓重的悲剧色彩唤起了我对人性美的渴望和追求。

　　1957年春节，在外地工作的二哥回哈尔滨探亲，正赶上各家电影院上映影片《家》，二哥买了票请兄弟姐妹一起去看电影，这成为我们家春节期间的一件盛事。从小酷爱看电影的我自不必说，哥哥姐姐那几天也显得异常兴奋。懦弱的觉新、贤惠的瑞珏、不幸的梅表妹、出身卑微的鸣凤……成为他们嘴上不断咀嚼的故事。还是小学生的我不会加入他们的议论，但我知道写出这些善良人不幸的巴金，肯定也是个善良的人。

　　我是巴金老人的忠实读者，却无缘和他谋面。我从事文学工作时，巴金已经是一位耄耋老人。20世纪90年代初，我在《小说林》编辑部工作，去上海组稿。临行前，哈尔滨画院版画家颜仲仁先生委托我把他们制作的版画《巴金肖像》带给巴金老人，并转达他对巴金老人的敬意。颜仲仁先生是一位颇有成就的版画家，致力于中外当代文学家的肖像创作。他对中国现代文学有一定的研究，这也是我和他经常交流的机缘。这幅《巴金肖像》线条简洁，刀法有力，形神兼备，一个睿智而朴实的老人形象跃然纸上，这让人想起颜仲仁先生早期创作的颇有影响力的钢筋铁骨般的《鲁迅肖像》，作家的个性得以准确地张扬。有了这份机缘，我也萌生了有机会向巴金老人索稿的奢望。

抵达上海后，正值著名作家峻青逝世，上海作协和所属单位正忙着为峻青先生送行的工作。尽管如此，《上海文学》的同仁们还是在百忙之中召集部分在沪的青年作家开了一个座谈会，我也如愿地征得几篇作品。谈到向巴金老人约稿，《上海文学》的同仁们介绍说，巴金老人身体虚弱，写字都有困难，全国各地文学期刊不断有人向巴金老人约稿，都被婉言谢绝了。对于当年已经86岁高龄的文学老人，我自然不敢抱有奢望了。为了完成颜仲仁先生托付的任务，我去《收获》编辑部拜访李小林，恰逢她有事外出，后来见到了在上海市政协工作的李晓（李小棠）先生，转交了那幅肖像画，并转达了颜仲仁先生对巴金老人的问候。闲谈之间，才知道巴金老人因健康原因，不仅很少写作，也很少见客，余下的精力，潜心整理正在陆续出版的二十四卷的《巴金全集》。巴金老人并没有放下笔，这让关心和敬重巴金老人的读者感到很欣慰。肖像画已经送到，完成了朋友的委托，我带着欣慰和遗憾交错的心情离开了上海。

如果说《家》《春》《秋》和《寒夜》《憩园》等作品是巴金老人文学生涯的第一个创作高峰的话，那么"文革"后创作的五册《随想录》则是巴金老人文学生涯的第二个创作高峰。巴金老人作为一代文学巨匠，同样经历了"文革"的苦难，他把这十年炼狱般的思想感情经历写进这五册《随想录》里，这些以怀人怀事为主的作品，反思了十年"可怕而可笑，古怪而又惨痛"的历程，批判了十年动乱给民族造成的灾难，以及形成这一灾难的历史根源。他写道："封建主义流毒远远没有肃清，高老太爷的鬼魂仍然到处'徘徊'。"并且严格解剖自己，他说："今天我回头看自己在十年中间的所作所为和别人的所作所为，实在可笑，实在愚蠢。"他从不掩饰自己在高压之下，有时出于违心，有时出于真诚说过一些错话，做过一些错事。他在《文学生活五十年》里写道："倘使我不给自己过去十年的苦难生活作一个总结，认真地解剖自己，真正弄清是非，那么说不定有一天运动一来，我又会变成另一个人，把残忍、野蛮、愚蠢、荒唐看成庄严、正确。"巴金老人的《随想录》被认为是代表中国知识分子良心的讲真话的作品。

巴金老人经常说"我是从探索人生出发走上文学道路"，他也经常说自己是"普通人"，这种"普通人"的称谓不仅表现在他为人谦和、待人接物从不摆文学家的架子，更重要的是体现在他把自己的命运融入人民的命运中，与人民休戚与共，用自己的笔写人民的欢乐，写人民的疾苦。巴金老人晚年看到了中国民主化的进程和经济的高速发展，这令这位世纪老人感到很欣慰。一位世纪老人放下手中的笔走了，他不仅留下了一个世纪的人生足迹，更留下了独特而丰厚的文学遗产，给后人分享。

那一场风花雪月

　　1932年夏天，在哈尔滨道外区靖宇十六道街路口的东兴旅馆里，一个临产的年轻女子因欠400多元的食宿费，而被囚禁在内。因交不出钱来，她已经被停止供餐。被饥饿和痛苦折磨着的年轻女子向当时的《国际协报》发出求救信，引来一位有着侠肝义胆的年轻男子。只是这位男青年虽有救美之心，却付不出那昂贵的食宿费，除了带来一些食品，让几天没有吃饭的年轻女子果腹外，再无其他办法。紧急时刻，事情却出现了意外的转机。那一年松花江水泛滥，江堤决口，洪水涌入城市，街巷汪洋一片。那几天包括东兴旅馆掌柜在内的人们纷纷逃生，因而无暇顾及那位欠账的客人。那位男青年雇了一条小船，将那位年轻女子从窗口接出来，脱离了困境。

　　这一对儿青年就是后来蜚声文坛的作家萧红和萧军。这一次不同寻常的邂逅成就了他们六年的爱情生活，也促成了他们踏上文学之路，为日后取得的成就铺平了道路。

　　他们的生活是困苦的。萧红在她的散文《饿》里写道："列巴圈已经挂上别人家的门了！有的牛奶瓶也规规矩矩地等在别的房间外。""去拿吧！正是时候，即使是偷，那就偷吧！""我抱紧胸膛，把头也挂到胸口，问我自己心说：我饿呀！不是偷呀！""偷就偷……为着我饿，也为着他饿。"这样困苦的生活并没有影响他们的浪漫爱情，他们饿着肚子在繁华的大街上散步，他们在没有床单的木床上亲吻，他们都把对方当成自己感情上的寄托和归宿，过着他们自己精神世界里的风花雪月般的日子。后来在几位左翼作家朋友的帮助下，他们开始编副刊，写文章，做广告画师、家庭教师，在业余剧团演剧，并共同出版了他们的第一部小说散文集子《跋涉》，为他们今后的创作迈出了坚实的第一步。

可惜爱情和事业并不是他们生活的全部，在有的朋友被日本特务盯梢、有的朋友被日本特务抓捕的恐怖气氛中，他们被迫离开了哈尔滨。

这两位来自沦陷区的青年作家，受到鲁迅先生无微不至的关怀。鲁迅先生为他们介绍朋友，联系刊物，为他们发表作品，为他们出书。萧红的《生死场》和萧军的《八月的乡村》就是在这种背景下问世的。

也就是在这个时期，他们两人的感情出现了裂痕。表面上是因为萧军在上海与某女士的感情纠葛，其实深层的原因是两个人个性的不同。萧军这个东北汉子粗犷而讲义气，骨子里的大男子主义让他对萧红的爱情更多地表现在对萧红的支配上。萧红是一个情感多于理智的人，她和萧军认识前的两次情感上的挫折，加上过去大家庭里所表现出来的对女性的歧视，给她的内心留下了浓重的阴影，让她对大男子主义敏感而戒备。她富有才华而内心孤傲，与她总是小鸟依人的外在的脆弱形成了鲜明的对比，让她在面对复杂的现实生活时总是束手无策。

这些分歧加大了两个人的猜疑和疏远，抗日战争全面爆发后，两个人来到尚未沦陷的武汉，在这里端木蕻良加入了他们的生活圈子。性格温和的端木蕻良很快赢得了萧红的好感。1938年，萧军、萧红、端木蕻良，还有丁玲等人应李公朴之邀，赴西北临汾民族革命大学任教，也就是在这期间，两个人之间的感情裂痕进一步加深。日军逼近临汾时，萧红、端木蕻良等人跟随丁玲的战地服务团去了西安，而倔强的萧军一个人跟着民族革命大学辗转到了延安。当他们再次在西安相遇时，萧红正式提出了分手。六年的艰辛跋涉，六年的相濡以沫，六年的丰硕成果，这是一场无形的风花雪月，阴晴圆缺，雪寒梅香，都在不言中化为飘雪。

分手后的萧红，也许是为了逃避，也许是为了潜心写作，她离开众人，与端木蕻良又回到武汉，后又逃到重庆，生下了她与萧军的孩子，可惜早夭。1940年，她与端木蕻良去了香港，在那里完成了她的长篇小说《呼兰河传》和《马伯乐》上部的创作。香港沦陷时，她因被医院误诊，错动了手术，病危中又被日军赶出玛丽医院，最后病逝于红十字会的一家医院里。

一代文学才女与世长辞。病重期间，尽管得到许多朋友在物质与精神上的帮助，但她仍然是寂寞的，在颠沛流离中她曾对身边的一位朋友说："要是萧军在，他绝不会丢下我不管的。"

一把藤椅

　　和巴波老人相识于1981年，那一次《北方文学》办笔会，会址在松花江畔的青年宫招待所，正值盛夏，江畔绿树成荫，游人如织，来自全省各地的十几名作者聚集一堂，其中孙少山、孟庆华、孔繁晶后来都成了专业作家。巴老是以《北方文学》主编的身份主持笔会的，编辑部参加笔会的还有当时的小说组组长鲁秀珍等人。

　　在那次笔会上，孙少山的处女作小说《燃烧》，孟庆华的小说《请不要问我为什么》，还有我的小说《在拥挤的车厢里》，先后发表在《北方文学》上。巴老始终参加了笔会活动，阅读和分析作品，中肯地评价了每个人作品的长短和得失，他那平易近人的态度和浓重的四川口音给我留下深刻的印象。

　　后来几次拜访巴老。巴老和夫人都从事文学创作和编辑工作，居家十分简朴。在我的印象中，巴老唯一的奢侈用品是把旧藤椅，巴老写作和读书都坐在那把藤椅上，每有客人来，即使像我这样年轻的业余作者，他也执意把你让到藤椅上坐，他自己搬一方凳，坐到你对面同你攀谈，这成了不能违背的规矩。他喜欢讲他家乡四川的风情故事，用他那缓慢的语调和浓重的乡音娓娓道来，把人带入他的回忆中去。听巴老摆龙门阵，主要是感受他观人察事从文化切入的视角，常有独到的见解和浓郁的韵味。你坐在舒适的藤椅上，望着一位老人坐在方凳上同你攀谈会不习惯。在我的记忆中，那把坐上去舒适，看上去不显眼的藤椅，总是和巴老的音容笑貌联系在一起，抹也抹不掉。今年七月，接到巴老逝世的消息，悲痛之时，首先想到的仍然是那一把旧藤椅。这把藤椅和巴老笔下的作品一样，融入了巴老的人格品位，显得凝重、深邃。把人格的力量镶嵌于血肉之中，是许多受传统文化熏陶的老一代知识分子的固有风貌。

巴老曾参加中华全国文学艺术工作者第一次全国代表大会，离休前曾任省民盟常委，先后任省人大代表和省政协常委，关心国家"四化"建设和民族前途，创作上坚持"诗言志，文载道"的方向，许多作品融入了忧国忧民和与国家民族共命运的情感。有一次，他谈起西方"性意识"对中国文学的影响时，不无忧虑地说，其实真正对青年造成危害的不是"性文学"，而是西方国家散布的一些不负责任的谣言。他列举了一些西方国家针对苏联和中国出版的一些政治书刊，他说这些作品对阅世不深的青年危害更大。20世纪80年代初我们国家才刚刚打开国门，对外部世界还缺少全面的了解，在那种环境中，巴老的忧虑是有道理的，显示出老一代知识分子坦荡和诚挚的襟怀。

那时巴老患三叉神经痛，发病时痛苦不堪，巴老为了不怠慢客人，用手托着额头，支撑着和人谈话。这让拜访者不安，为了不打扰巴老，有一段时间，无事便不登门了。后来听说巴老身体不好，足不出户了。本来准备去看望，恰逢《北方文学》搞纪念活动，历届主编都参加了座谈会，巴老也在座，并在会上讲了话，他如数家珍地列举了《北方文学》起步的作家和作品的名字，看上去精神状态很好。在座谈会上巴老还深情地谈了那次笔会，怕记忆有误，还核实了一些笔会的情况。后来还在一篇文章里谈到那次笔会的盛况。这使我感到欣慰，我想关于巴老身体状况不佳只是传闻而已。

接到巴老去世的讣告，才知道巴老割舍了一生与生命同在的文学事业，真的离去了。多年不去巴老家，不知道那把藤椅是否还在，其实一把旧藤椅作为物质，是不足惜的，但我想它会在一些人的记忆中长存。

呼唤着前进

在家里赶写文章，电话铃响了，是一个爽快清朗的女声。我一时想不起是谁，正思量着，那爽快清朗的声音说道："我是鲁秀珍。"

鲁秀珍老师是一位资深的文学编辑，曾任《北方文学》主编，现已退休，随同王观泉先生寓居上海，我们已多年没有联系了。突然接到电话，那一份惊喜不言而喻。于是约好地点，我匆忙赶到位于耀景街的省委组织部招待所去看望她。原来鲁秀珍老师同时也约了作家王洪昌，我到时他已经来过了（因他记错了时间，早到了一小时）。鲁秀珍老师因有事外出，尽管她按约定的时间提前回到招待所，还是和王洪昌失之交臂。我们都想，王洪昌从阿城赶来，想必不会轻易离去，肯定还会再来的。我和鲁秀珍老师一边聊天，一边等他。当年我也是《北方文学》的作者，最初的几篇作品也是在《北方文学》上发表的。回忆往事成了主要话题，鲁秀珍老师像历数家珍一样谈论着我省一些作家的名字和他们的作品，回忆着当年和他们交往的一些琐事，言谈话语之间流露出编辑和作者之间特有的亲情。

鲁秀珍老师这次回哈探亲，除了见哈尔滨的老同事、老朋友，还去了牡丹江、双城等地，看望了当年的作者，应大庆文学界朋友的邀请，还准备去大庆住几天。鲁秀珍老师的老伴王观泉先生也鼓励她利用这次机会多走走、多看看，会会老朋友，充实一下自己的生活。

谈着谈着，一个多小时过去了，还不见王洪昌的人影。鲁秀珍老师有些疑惑，她说："王洪昌别是回阿城了吧？"然后又自问自答："不可能。"我想了想说："别人不能，但王洪昌能。"我绝不是揶揄朋友，王洪昌是个率真的人，小说写得好，近年在"金源文化"研究上也做出了让朋友们羡慕的成绩。作为外乡移民，他对金源古城倾注了大量心血，成了一方的专家。但在生活上，朋友之间对人对事，王洪昌是个不爱拐弯的人。他很可能来到这里后，没见到鲁秀珍老师，认定鲁秀珍老师忙得脱不开身，自己悄然退去。鲁秀珍老师半信半疑地往阿城打了一个电话，电话中果然传来王洪昌的声音，他已经回到了家里。

大家笑过之后，话题又回到几位相熟的作家朋友身上。孙少山和王洪昌都是我省颇有成就的作家，一位是矿工出身，一位是农民出身。因为写作，都成了鲁秀珍老师的挚友。当年孙少山工作在800米深处的煤矿井下，王洪昌顶着地主子弟的无形帽子，在阴影里耕耘着他脚下的那片黑土地。他们生活的窘迫可想而知，艰难困苦之余，他们还是不甘寂寞地敲响了文学殿堂的大门。后来他们两个人的处女作都发表在《北方文学》杂志上，鲁秀珍老师不仅不遗余力地推荐他们的作品，还在工作和生活上尽力给予他们关心和帮助，尽了一个文学编辑所能尽到的热忱和真诚。她经常不辞辛苦地上山下乡，到作者生活和工作的地方看望作者，做作者单位领导和作者家属的工作，动员他们理解和支持作者的文学创作，为他们创造良好的创作环境，以鼓励作者写出更多更好的作品。

鲁秀珍老师17岁开始当文学编辑，在这个为他人做嫁衣裳的岗位上一直工作到退休，用她的话说就是做到了"从一而终"。她在最近出版的散文集《国门内外》里写道，她一直把培养作者的工作视为"天职"，因此，"自己写得少些，但求写得好些"。"文革"前，鲁秀珍老师就创作了大量散文、随笔，发表在各地报刊上。20世纪80年代初，正是中国文学复苏时期，她出版了第一本散文集《返青集》，我也收到了她的赠书，她在扉页上写下了"在文学的道路上让咱们呼唤着前进"的寄语。这是一个编辑的心声，字里行间流溢着激励和期许。后来我也做了文学编辑，在长期工作中，"让咱们呼唤着前进"也成了我对作者、读者的期盼。

今天，文学创作和文学期刊的生存状态和发展模式有了很大的变化，编辑和作者的关系也有了新的时代内容，我们也都离开了编辑岗位，相扶而行还需要大声呼唤吗？

鲁秀珍老师去大庆时，我去火车站为她送行。静悄悄的贵宾候车室隔绝了车站的热闹与喧哗，却隔断不了人在旅途的孤寂和劳顿。鲁秀珍老师讲述着这次去双城为一位故去的农民作家亲属送书时所遭遇的尴尬，为人们忘却了那位农民作家而感叹。我想早已退休多年的她仍在呼唤，呼唤人生的庄重和美丽，呼唤她曾热心播下的希望和硕果。作为一个文学编辑，她仍然恪守着文学在她心目中的那一份神圣。在现代社会功利无处不在的喧嚣声中，这呼唤虽然显得丝丝缕缕，但馨香而绵长。

火车开车了，我似乎听到了大庆文学界朋友们对鲁秀珍老师的呼唤，我想鲁秀珍老师的行程一定会收获更多的愉快。

留下一缕书香

在黄建华逝世一周年的时候，我们编发了他的遗作——一组以《和气胡同轶事》为题的短篇小说。读着这些作品，那一份痛惜之情又涌上心头，这痛惜不仅是因失去一位可亲近的朋友，更因无法弥补地失去一位有才华的作家。

建华的专业是编剧，在文化局戏剧创评室工作。编剧和写小说是两个行当，平时很少往来，但剧作家里有几个不安分而兼小说的，倒是常来常往的，建华就是其中的一位。有一段时间，建华常到作家协会来，一坐就是半天，天南海北地神聊，编辑部和文联在一个大院办公，前楼后楼的，和建华常在作协碰面。他人很随和，和大家相处得不错，后来才知道，他与前妻离异，加上那几年戏剧创作上也难以展身手，情绪上有些消极。他本来就是一个喜欢扎在朋友堆里过日子的人，这时更耐不住寂寞，作协成了他的"家"。他平时好喝酒，这段日子喝得更多，有时一天喝几次，半夜回家是常事。建华和酒的故事很多。有一次在朋友家喝酒神聊，半夜起身告辞回家，市内公交线路早已收车，兜里又没有打的钱，便借朋友的自行车骑回家。崭新的凤凰牌，一把链锁，也不知道怎样把车骑回了家。扔下车就往楼上奔，但头脑还算清醒，手提着一把锁链才想起了锁车子，又返回来用链锁把自行车锁好，才回家睡觉。第二天一大早，就听见院子里有人大喊，是谁把我的自行车锁上了！建华一听不对劲，明白昨天锁车时出了差错，忙跑出来道歉，给人家打开车锁，让人家骑走上班。再找骑回来的凤凰车，早就没了踪影。还有一次也是因为喝酒，骑朋友的自行车回家，朋友将车钥匙给他，叮嘱他自行车的位置、车牌、车型，他真的把自行车打开了，并骑回家去。第二天早上，朋友这里还是闯了祸，邻居上班出来找不到自行车，急得满院子喊，朋友出来一看，自己的自行车还好端端地锁在那里，猛地明白过来，知道建华昨天醉意蒙眬中将人家的自行车锁打开，将车骑走。事后大家纳闷，他怎么能用一把钥匙打开另一把锁呢？朋友们开玩笑说他有特异功能，借酒发功，威力无穷。开玩笑归开玩笑，大家一直担心他酒喝得太勤、太多，容易伤了身体。

　　建华出身于知识分子家庭，父亲是一位医生，兄弟姐妹中从医的多，只有他从小好读闲书，热衷于《三国》《水浒》，不务医学专业。他家住道外，哈尔滨是一座移民城市，中西文化荟萃，道外是中国人集中的居民区，传统文化厚重，特别是戏曲、曲艺及各种民间艺术盛行，成为市民文化的主体，京剧、评剧的戏迷挺多，左邻右舍能喊几嗓子的也不少，聚在一起说戏，甚至连拉连唱，痴迷得茶不思、饭不想的票友也不乏其人。建华就是在这种文化氛围中长大，许多少时的朋友都是京剧爱好者，各有绝活，有操琴的，有击板的，有唱老生的，有唱花脸的，几个人凑在一起，锣鼓一响，就是一台戏。他学二胡、京胡，后来到京剧院操琴，兼写剧本，再后来做专职编剧。在那个圈子里，京剧冷也好、热也好，老戏迷的热情不减，常聚在一起我拉你唱过戏瘾，不喊几嗓子，心里头不痛快。这种生活融入建华的情感，他讲义气，喜欢交朋友，乐于助人。1995年春市文联搞"火狐狸系列"长篇小说创作，建华准备写一部长篇，当时有朋友拍电视剧请他帮忙，他放下长篇创作，全身心地投入电视剧制作中去，在电视剧组夜以继日地忙，等到电视剧拍摄完成，"火狐狸"创作已近尾声。建华的长篇小说创作暂时放下来，后来因为身体上的原因，又陆续写了一些篇章，一直到他病逝，也没有完成。他当时已用电脑写作，由于他突然去世，没有人知道他的密码程序，后来费了很多的周折，也没有人破译他的编码，他的长篇小说的部分遗稿无法输出文字，成为永久的遗憾。

我第一次读建华的作品是在《剧作家》杂志上发表的话剧剧本《票友》，开始是因为朋友的作品，拿来看看，读起来便放不下来。我是一口气读完《票友》的，我为建华由衷地高兴，并打电话表示了祝贺。建华再婚后，生活相对稳定，生活的积累转化为艺术创造，寻找到了属于自己的那一块可耕耘的绿地。建华是搞戏剧创作的，平时神聊起来，也常谈到地方戏剧创作的走向、华尔街剧场的时尚，但他拿起笔来，写出来的仍然是东方的形式、东方的故事，那情感也是一丝不苟的东方情感。《票友》是成功的，剧本在哈尔滨市第四届天鹅文艺大奖中获得了创作二等奖，遗憾的是《票友》没能搬上舞台。剧本《票友》发表后不久，他拿来了自己的一组小说《琴韵三事》，小说写了几位视艺术如生命的老人，他们一生和京剧打交道，操琴出神入化，除了心爱的京胡，别无身外之物，那份知琴、爱琴、痴琴，把艺术融入生命的生存状态，让人血热心动，读来像饮一杯香醇的烈酒，入口醺醉。我想这不仅得益于他的生命经历，也得益于他对艺术和人生的感悟。"琴韵三事"在《小说林》发表后，引起了很大的反响，《小说选刊》《小说月报》《中华文学选刊》分别做了转载，朋友们读了交口称赞，对他的创作前途充满了期望，期待着建华在文坛上脱颖而出。

人的命运是不可测的，建华就在创作上升时期病倒了，住进了医院。他正值壮年，开始人们对他的病不以为意，以为不过是偶染小疾，他自己也很乐观。每次去看他，他都做着随时出院的打算，但躺在病床上，查来查去也没有查出病因来，病时好时坏，由于经常发烧，身体越来越虚弱，转院治疗也不见效果，最后竟卧床不起了。他是个乐天派，这时心里也没了底，用他自己的话说，这不是落炕了吗？话语之间幽默中透着一丝悲凉。他也开始担心自己的身体状况，怕有不测。最后确诊是股骨感染，需要做手术。当时他的身体太虚弱，又临近春节，便决定回家静养，将身体恢复得好些再治疗。也许是终于查出了病因，心里头踏实了，这段时间他的情绪较安定，也比较乐观。大年初五我去他家拜年，他一个人在家，同他闲聊了一会儿，他还是颇健谈，说起几位故去的文艺界酒仙轶事，不失幽默风趣。怕他不适，我没有吸烟，他却带头点上烟，边吸边谈。又怕他谈话时间长了劳累，我小坐片刻就起身告辞，他却极力挽留我坐一会儿，我想病中人寂寞，又陪他坐了半个小时，还是起身告辞出来。这次见面他精神不错，也不发烧了，心想也许真是个转机，甚至约他开春后到外地走一走。谁知这竟是和建华的诀别，第二天我在编辑部写东西，接到张一先生打来的电话，告诉我建华昨天夜里去世了，我自然是吃惊不小，问起病因也一时说不清。放下电话油然生出一份内疚感，是不是昨天同建华谈话时间长了，使他疲劳过度？后来才听说，那天去看建华的还有相声演员刘流先生、剧协的耿进喜夫妇。建华是在夜里死于脑出血，他多病的身体终于没有躲过这一劫难，撒手而去的建华也带走了他创作上的许多设想。他去世后在《北方文学》发表的遗作《街坊》又被《中华文学选刊》和《小说选刊》转载，再次证明他的创作实力远没有完全开掘出来，他留下一缕书香，带走的却是永远的遗憾。

　　《小说林》本期发表的《和气胡同轶事》，是建华留下的早期遗作，小说在结构和某些细节处理上，还存在着需要雕琢的地方，但小说中人物的命运，以及作家对转型期这些"小人物"的理解和关注，洋溢于字里行间。建华笔下的人物，多是传统色彩极浓的形象，他们和"新人"有很大的差别，一个年代可以结束，但那个年代给人留下的文化烙印是不能消失的，往往演绎出许多悲喜剧来，让人去思索，这也是建华小说给人的另一种启示。我们向读者推荐这一组小说，也是对这位英年早逝的作家的一种纪念吧。

江边的大榆树

　　我有很长一段时间在《小说林》做编辑，孙幼忱先生在文学创作所从事儿童文学创作，各忙各的，只是我调到文学创作所后，我们交往才多起来。

　　那时我经常接到孙幼忱的电话，放下电话后我会立即下楼。江边有不少百年大榆树，树干苍劲，枝繁叶茂，树荫下的他坐在那台动力三轮车上，我坐在随身带下来的小凳上，两人随意地聊天。孙幼忱因患小儿麻痹双腿残疾，靠双拐走路，尽管有动力三轮车代步，行动也不方便，上楼更吃力了，他不肯上楼我也不便勉强，因身体上的原因就连我带来的矿泉水也不敢喝。渐渐地我对他生活上的不便有了更多的理解。这江边大榆树下成了我们交谈的理想场地，谈话的内容也很随意，无非是彼此在做什么，文联和创作所的近况，有时交换几本书。我的孩子曾是这位"孙伯伯"的热心读者，现在我孩子的孩子也加入了"孙爷爷"的读者队伍中，每看到孙爷爷的赠书，都会兴奋雀跃，一口气读完，并期望着马上能读到下一本。

64

在大榆树下，他曾系统地谈过他艰辛而幸运的创作道路。20世纪60年代初，诗人林子了解到他的创作和生活状况，多次到孙幼忱家里看望他，并推荐他参加了市青年文学创作积极分子会议，安排他在会上发言，这给了他很大的鼓舞。当时的文联副主席陈克四处活动，动员市少年宫吸收他为工作人员，专职为孩子写作。可惜这件事因随后爆发的"文革"而流产。"文革"后，孙幼忱的创作又掀起了高潮，但创作条件依然艰苦，贫贱夫妻百事哀，一家四口人住在窄小的房间里，全靠他每月28元工资生活。那时稿酬制度不健全，他的《小狒狒历险记》发行了137万册，只得到114元稿费。后来在各方面关注下，他从街道残疾人工厂调到市科协兼职写作，再后来在时任市委宣传部部长陈凤翚先生的关照下，调入市文联从事专业儿童文学创作后，生活才有了基本保证。

　　对于这一切，孙幼忱内心充满了感激。在大榆树下，他曾动情地讲起他和老伴董洪云的爱情故事。孙幼忱和老伴董洪云是在市青年业余文学创作积极分子代表会上认识的，两个文学青年走到了一起。对于他们的恋情，董洪云的母亲曾极力反对，董洪云一条腿截肢，靠单拐走路，生活上已有诸多不便，从小就备受母亲的呵护。如果嫁给双腿残疾的孙幼忱，母亲担心两个人将来如何面对生活，更担心女儿受不了委屈。世间情事最贵知己，共同的爱好和共同的命运让董洪云下了决心，她珍惜自己的选择，决定去捍卫自己向往的幸福。她不顾母亲的阻挠，从家里偷出户口本和孙幼忱登记了。结婚那天，没有送亲的人，没有仪式，没有祝福，甚至没有新郎上门迎娶，做新娘的董洪云一大早拄着单拐，提着一箱沉甸甸的书，独自一个人上路。好事多磨，窘事如影随形，那时"文革"已经开始，她乘坐的有轨电车因造反派集会停驶。拄拐而负重的新娘走走歇歇，艰难地跋涉了四个小时，才来到新郎家，这四个小时的路程凝聚了这位待嫁姑娘对未来生活的全部希望和坚定信念。而新郎在家里更是望眼欲穿，像热锅上的蚂蚁一样坐卧不安，他担心董洪云在路上出了什么意外，更担心亲人阻拦使她走不出家门。在胡思乱想中一分一秒地煎熬着，四个小时的时间漫长得没有尽头，他恨不得生出一双翅膀飞出家门去迎接自己的新娘，但他能做的只是苦苦地等待，等待命运的裁决。当满头汗水的董洪云终于出现在他面前时，那颗悬着的心才放下来，继而充实他心房的是难以言表的喜悦和幸福。进门的董洪云马上担起了主妇的重担，她放下书箱后没有喘息就开始收拾房间，并在桌上摆上一个擦得明亮的玻璃瓶，插上一束艳丽的蔷薇花，这也是新娘带去的礼物。那是一个排斥一切美好事物的年代，这束美丽的蔷薇花成了他们炽热爱情的象征。在这个纷纷扰扰的天底下，他们默默地筑起了属于他们自己的爱巢，平日窄小凌乱的房间也变得整洁明亮起来。从此这对夫妻靠着一条健全的腿支撑起一个家，养育了两个女儿。在同甘共苦中相濡以沫，成就了孙幼忱的事业。

在大榆树下的闲谈中，我曾试着问孙幼忱，你得到这么多的关爱，是否遇到过让你难以忍受的歧视？他沉默了，这沉默让我感到自己的唐突。

后来他叹了一口气，给我讲了多年前在有轨电车上发生的事情。那时的车厢里只有背靠两侧的单排座，孙幼忱坐下时，注意到对面坐着一位胡须稀疏、双眼塌陷的老年盲人，老年盲人谦卑和呆滞的表情很容易让人联想到残疾人出门诸多不便。车到站时，一个上车的胖女人站到老年盲人的对面，不知什么原因，那个胖女人突然躲避什么似的转过身来，站到孙幼忱面前，他看到的是一张恼怒的脸，而孙幼忱疑惑的目光还没有从那胖女人脸上移开时，那胖女人的目光落到孙幼忱那挂着的双拐和拖着的双腿上，像是触了电似的往后退了一步，嘴里嘟囔着"真倒霉，又是一个丧门星"。说完快步转身离去，躲到车厢的另一端，远远地离开了他和对面的盲老人。明白了胖女人恼怒的原因后，孙幼忱又气愤，又难过。但事情远没有完，快步躲到车厢另一端的胖女人又发出尖叫声，并离开那里返到车门处，气急败坏的样子，恼怒的声音也大了："今天这车上是怎么了，不是瘸子就是瞎子，这么多的丧门星！"孙幼忱俯下身，向车厢另一端望去，只见一个长相清秀的盲女孩端坐在靠边的座位上，不到二十岁的年纪，她肯定听到了胖女人粗暴的尖叫声，面无表情地端坐着，那神态像是一位逃避尘世喧嚣的修女。孙幼忱认出了这个女孩子，他在劳动局找工作时见过她。为了生活他经历无数磨难，为了找工作糊口，他碰过无数次钉子，对于常人有意无意对残疾人的歧视，他已经见怪不怪，可这个胖女人把残疾人当"不祥之物"让他憋在肚子里的怒火一下爆发出来。正好车到一站，那个胖女人匆忙跳下了车，孙幼忱没有一丝犹豫，挂起双拐也跟了下去，在车下他喊住了那个胖女人，他第一次用粗鲁的语言向那个胖女人表示了抗议。

我说："也许那天那个胖女人心情不好。"

孙幼忱说："也许吧……不过我那天心情也坏极了。我不是为我自己，我是为所有无故受到凌辱的人抗议。"

我说："那种人应该受到惩罚。"

孙幼忱说："没用的，其实一个人不应该靠怜悯活着，我是个弱者，我知道这个道理。"

我说："不，生活已经证明你不是弱者。"

孙幼忱笑了，笑得有些自豪，也有些腼腆，瞬间流露出他性格上的执着和单纯。

有一天，我们坐在大榆树下观看江上游泳队的表演，有人认出了坐在动力车上的孙幼忱，热情地过来打招呼，我才想起坐在身边的这位闻名的儿童文学作家，虽行动不便却是一位能横渡松花江的游泳高手。这勾起我极大的好奇心。他告诉我他小时候在炕上用双手支撑着移动身体时，就幻想着有一天像鱼儿一样不用双腿能在水中活动。"文革"中不能为儿童写作时，常常一个人躲在松花江边思考问题，他痛惜手中的笔失去了用武之地，也迷茫自己的前途。当他看到一只被他惊扰的青蛙跳入水中，自由自在地在游动身体时，这情景又勾起他儿时的幻想，可是再仔细观察到青蛙是靠有力的双腿游泳时，先天的不足又让他沮丧起来。在回家的路上，腋下的双拐又鼓起了他的勇气，他的双腿无用，不是有从不离身的双拐吗？长期使用双拐支撑身体，他的双臂和胸肌十分发达，不也是他的优势吗？他不想沉沦下去，他需要宣泄和挑战。就这样在没人指导，没人保护的情况下，偷偷地开始自学游泳。他是在沙滩的浅水处爬来爬去开始的，这过程的艰难可想而知，经过一个夏天的艰难努力，他已经能够横渡松花江了。一个靠着双拐一会儿仰泳，一会儿蛙泳的水上高手，成了松花江游泳队伍中一道亮丽的风景，至今还有人记得他，跑过来和他打招呼，向他表示敬意。

人们对弱者都会产生同情心，这是善良的人们普遍的心理，但同情心并不能代替被同情者的不幸。在孙幼忱身上，我们看到的是他不断地向命运挑战，他用双拐横渡松花江，拖着萎缩的双腿四处奔波，去争取自己的成功和荣誉，这也是我亲近和敬重他的原因吧。

晚年的孙幼忱留起了长长的络腮胡须，笑起来眯着眼，白须抖动着，童颜鹤发，表情率真，让人想起那个喜欢节日里给儿童送礼物，备受儿童欢迎的圣诞老人。

孙幼忱是爱孩子的，特殊的人生阅历使他更容易接近孩子和理解孩子，他用毕生的精力为孩子写作。为了写好儿童读物，他克服自身行动不便的困难，经常到幼儿园、小学校、少年宫做业余辅导员，给孩子们讲故事，和他们交朋友。其实为孩子们写作并非易事，有人不屑为之，有人无力为之。儿童时代是人生的起点，他们的需求，也是天下做父母者最关心的事情。孙幼忱先后出版了《"小伞兵"和"小刺猬"》《神秘的蚂蚁国》《时间老人的期待》《猴子请客》《聪明的木娃》《通往世界的小路》

《小狒狒历险记》《擎起我的双拐》等二十余部作品，并创作了《失信的爸爸》《同舟共济》等十几部儿童电视连续剧和电视小品。孙幼忱的作品语言流畅，童趣横生，寓意深远，深受小读者喜爱。他的作品多次在国内外获奖，位居中国当代"科普童话十家"之列。

有一段时间见不到孙幼忱了，我打电话询问才知道他住进了医院，他因糖尿病曾多次住院，这次我去看望他，在医院里发现了异常情况。一向健谈的他，变得沉默了，偶尔说几句话，声音也细微起来。董洪云大嫂告诉我，他因小脑萎缩，记忆出现了紊乱，许多人和事都不记得了，好在他还能叫出我的名字，谈起往事，记忆上虽多有错位，但语气中仍带着往日的热情。我叮嘱他好好养病，告辞的时候，他突然清晰地说出"你不要再往这跑了，过几天我去看你"的话来。

董洪云大嫂说："他都不明白自己是个卧床不起的病人了，这样也好，懵懵懂懂免得他苦恼。"

孙幼忱先生还是走了，他背负过苦难，经历过挫折，也收获过快乐，他从没有放弃过为孩子们写作的事业。他用成人的心境去关注孩子，用孩子的目光去观察世界，写下许多让孩子们着迷的作品。他带走的依然是一颗童心。在追悼会上，除了文艺界的朋友们为他送行外，最引人注目的是那些结队而来的小朋友，他们从四面八方赶往西华苑，最后看孙爷爷一眼，向他们爱戴的作家告别。

江边大榆树下的聊天永远地结束了。我还是常常想起那些百年大榆树，生长在寒地的大榆树，经历着风霜雨雪，冬日里躯干萧条，夏日里枝繁叶茂，四季轮回，它们依然挺拔苍劲，充满生机。

逝者的遗憾

转眼间，韩统良逝世已经快一周年了。

韩统良是20世纪五六十年代活跃在哈尔滨文坛的一位工人作家，当时在哈尔滨文学青年中，没有几个人不知道韩统良这个名字的。他从1956年开始发表作品，1962年在《北方文学》上发表的短篇小说《家》和《龙套》都产生过较大的影响。茅盾先生在1963年第10期《人民文学》上发表的《短篇创作三题》（后收入文集时改为《关于短篇小说的谈话》）中，对《家》和《龙套》给予了充分的肯定。这给韩统良带来了很高声誉，他的小说《家》后被收入建国30周年《短篇小说选》里。

给他带来声誉的还有他在第一工具厂当工人时，和同事们创办的"萌芽"文学小组，这个由工人组成的文学小组当年十分活跃，创作发表了一些文学作品，曾对哈尔滨业余文学创作起到极大推动作用。韩统良的名字和"萌芽"是紧紧联系在一起的。

韩统良的短篇小说人物鲜明而不失生活的厚重，结构精巧又不失多彩的内涵，语言清新朴实，显示出作家的文学才华。他是侧重现实题材创作的作家。一个作家可以不受题材的局限，但作家的创作总要受到时代风尚的影响，韩统良正处于创作旺盛时期，却经历了"文革"的冲击，极大地限制了他的创作思想和艺术张力。

20世纪70年代初期，他调入哈尔滨创作评论室，专业从事文学创作。哈尔滨市文联恢复时，他被选为市作家协会副主席兼秘书长。这期间无论是创作环境还是深入生活的条件，都有了很大的改善，但他的文学创作却处于低潮，他把大部分精力放到作协日常工作中。韩统良为人质朴热情，待人随和，对青年作者热忱提携，对同仁以诚相待，绝无相轻之意，被人称为"好人韩统良"。后来他身体多病，长期在家休养，因头痛和怕见强光，不能读书写作，被迫搁笔。我在作协工作时，曾多次到他家里看望他，见他在家里白天也挂着窗帘，在昏暗的光线里生活，足见他的无奈。但他乐观豁达，因为他这种病症据传和某大人物相似，便自嘲得了富贵病。他平日社会交往不多，退休后更是深居简出了。我调到《小说林》编辑部工作后，见面的机会不多，除了文艺界有些社会活动，偶然见见面，他很少出门了。近两年，我迁居九站，倒常看到韩统良在江边晨练。他晨练的固定地点在江畔公园游乐场内，清晨六点左右准点到位，穿一身运动服，做一套自创的体操，做得十分认真，四季不误。我每次路过那里，他总是热情招呼，交谈两句，传递一些乐观的消息：他能看一点书了，能看一些电视了。看来他的身体状况和精神状态日渐好转，直至他萌发了创作冲动和信心，跃跃欲试要写小说了。他回忆起在第一工具厂的生活，以及当年的工人和他们的子女家庭今天的状况，他对生活和艺术有了全新的视角，这令人振奋，特别是他对普通工人感情的理解和同情，让人感动。我想他终于突破了加在他身上的外力影响，重新拿起笔来写作了。

他的去世是突然的，尽管他多年被疾病缠身，他是在身体逐渐好转的情况下突发脑出血的，手术后本已好转，又突然卒于胃出血。人的命运多舛，"文革"的突发封杀了风华正茂的韩统良的创作势头，特别是在创作思想上禁锢了他，使他难以释放萌动的创作激情。但他毕竟是把文学当成终身追求的作家，社会的变革给他的生活和创作带来了新的活力，遗憾的是后期多病的身体，使他在社会生活发生巨大变革，文学向深入发展的时期，没能用自己的笔去追踪这一时代变迁。

艺林散记

『弦之楼』遗韵

　　故事得从三十年前说起。当时，两个年轻人正在绿树成荫、水天一色的松花江边散步，却意外地听到了一阵悦耳的琴声。琴声清脆嘹亮，像雨打江水、珍珠落盘，声声扣人心弦。他们不由自主地寻声而去，只见一个少年怀抱着一把精巧的曼多林，坐在树丛后的长椅上弹奏着。这两个年轻人中有一个也是弹琴高手，不禁对少年的弹奏大加赞赏。少年见是知音，便将手中的曼多林递过去请教。那个会弹琴的青年接过曼多林，意外地发现琴颈上有一行小字：赠给爱妻纪念；仁白鸥。这一发现让他吃惊不小，原来这把琴是哈尔滨著名音乐人仁白鸥先生当年送给新婚妻子的礼物。

　　这让两个年轻人感慨万千。

　　仁白鸥，广东梅县人，是早年哈尔滨一位十分活跃的音乐人。其父当年追随伍连德先生来哈尔滨做防疫工作，扑灭了震惊世界的第一次大鼠疫后，定居在哈尔滨，并办了平民医院，出资修建了广东会馆。仁白鸥虽出身于医学之家，但他从小热爱艺术，喜欢摄影，醉心于西洋音乐，对曼多林、吉他等拨弦乐器造诣极深。少年时期遵从父亲愿望，考入哈尔滨医学专科学校，后又东渡日本留学，回国后以从医为业。他性格豪爽，广交朋友，热心社会活动。当年仁家住在道外靖宇街313号的一座二层小楼内。由于仁白鸥的关系，仁家经常高朋满座，当时一些左翼文化工作者，如共产党人姜春芳、金剑啸、袁亚成、任震英等人都与其有过接触。他的挚友共产党人韩幸之（韩达）、进步作家塞克、音乐工作者刘克更是常来常往的座上宾。他组织的"白鸥弦组"的演出也产生了很大的影响。1935年成立的青年爱国团体"哈尔滨口琴社"，仁白鸥、刘忠和叶长春被聘为艺术顾问，更有一些年轻的口琴社成员到他家里学习和参加音乐活动。313号小楼内歌声不断，仁白鸥家成了当时进步音乐工作者经常聚会的地方，仁白鸥也很得意地给自己的小楼起了一个雅号——"弦之楼"。

1937年，哈尔滨口琴社因演出袁亚成作曲的《沈阳月》惨遭迫害。日本宪兵逮捕了口琴社在哈的成员，口琴社队长、爱国青年侯小古被枪杀，其他成员有的被判刑，有的被折磨了几个月才被释放。和口琴社有关的人员也遭到不同程度的迫害，艺术顾问刘忠、仁白鸥也被逮捕。日本人审问仁白鸥："你的住宅为什么取名'弦之楼'？"仁白鸥回答："我有十几把曼多林、十几把吉他，每把曼多林有四根弦，每把吉他有六根弦，加在一起有百余根，所以取名'弦之楼'，这犯法吗？"由于抓不到证据，经多方营救，仁白鸥最后被释放。

仁白鸥先生一生爱琴、藏琴、弹琴，视琴如命，几十年来"弦之楼"琴声不断，吸引了许多爱好音乐的年轻人。他弹琴的技法娴熟，艺术功底深厚，特别是对西洋乐造诣极深。拜师者众多，著名音乐人金铁林、李双江、陈信昌都是他的得意弟子。他教学生从不收费，而且一些穷学生经常在他家里"赶嘴"改善生活，充分显示出一个艺术家浪漫平和的心态。

　　"文革"中仁白鸥先生也没幸免，家被抄，二十几把精心收藏的琴、三千多张西洋唱片、一生积累下来的摄影作品损失殆尽，后蜗居在"弦之楼"一间9平方米的小屋里，度过了人生最后的几年。

　　那弹琴的少年也被这故事感动了，抱着那把精致的曼多林不知如何是好。那个会弹琴的年轻人提出一个建议，说他家有几把好琴，质量和音色不在这把琴之下，任那少年随便挑一把，以此换回仁白鸥先生这把颇有纪念意义的爱琴。那少年爽快地答应了，跟着两位大哥哥来到这位会弹琴的年轻人家里，选了一把自己喜欢的曼多林。为了慎重起见，这两个年轻人又把少年送回家，向少年的家长说明了情况，那少年的家长也深受感动。

　　当两个年轻人将这把刻有文字的曼多林交还到仁白鸥先生手里时，这让他想起了早逝的爱妻和饱经磨难的人生，不禁老泪纵横，抚摸着这把心爱的曼多林喃喃自语："没想到这丢失的东西还会回来啊！"

　　故事发生在1973年，两年后仁白鸥先生逝世。故事中的两个年轻人都是我的朋友，一个叫夏玉强，另外那个会弹琴的叫张晔，也是仁白鸥先生的学生。不过两人如今早已不再年轻了。

老朋友聚在一起，常发感慨，哈尔滨作为一座独具特色的文化城市，需要挖掘的东西太多了。

刘小楼的舞台生涯

　　85岁高龄的刘小楼先生，精神矍铄，豪爽健谈，说起评剧表演艺术滔滔不绝，钟爱之情，溢于言表。他说："戏曲是舞台艺术，鼓乐琴箫，彩服粉黛，生旦净末，唱念做打，一腔一调，一招一式，都马虎不得。"

　　演员出台亮相，先要问：我是谁？我从哪里来？要到哪里去？干什么？心中有谱身上才有戏。所谓唱念做打，落到细微处，手、眼、神、口、步，神与物游，技在精神，有的放矢，才能把人物演活。说到性情处，刘小楼先生站起身来，在客厅里边讲边比画。他说，生角在台上走八字步，起脚向外，落脚向内，看似摇摆，脚下稳健。同是八字步，老生和小生就不同，小生起脚快，落脚慢，步伐矫健，稳中带有活力。老生起步慢，落脚快，老迈不支。戏曲表演虽然是程式化的，但内涵丰富，演员要善于挖掘，不能演糊涂戏。这让人想起当年看刘小楼和喜彩苓表演的《白蛇传》，许仙在白娘子面前的爱与不爱，在法海面前的信与不信，人物的内在情感波折表现得既有分寸，而又淋漓尽致。

刘小楼先生是天津宝坻人，出身戏曲之家，6岁入梨园，以评剧舞台为生涯，凭着天赋和刻苦精神，演红了京津一带。曾和刘翠霞、小白玉霜、新凤霞等评剧名伶合作，演出了《人面桃花》《花为媒》《唐伯虎点秋香》等评剧代表剧目，塑造了一系列儒雅、率真、书卷气十足的小生形象，技压群雄，名噪一时。

舞台上的刘小楼儒雅、文气，舞台下的刘小楼直率、讲义气。20世纪40年代，刘小楼在北京与芙蓉花搭班演出《陈三两》等剧，取得了轰动效果。这年春节前，腊月二十三过罢小年，戏班封箱，稍作休息，打理一些事务，为春节开戏做些准备。这个时候也是戏班向财主（即班主）讲公事的时候，讲好春节开班，每人外加戏份儿两元。当时还是日伪统治时期，物价飞涨，买东西一天一个价，加两元已不算多。可唱到年关，武师王庆涛愁眉苦脸地找到刘小楼，说戏班没有钱了，难以维持，并说讲好的两元戏份儿，财主擅自改到七厘，即每天一元四角，想请刘小楼出面和财主交涉。刘小楼一听火了，平日演戏，每天只演夜场，戏份儿每天三元。初一至初三，正是观众看戏的时候，每天加日场戏，本应另加三元，两元已经打了折扣，减到七厘，实在是太欺负人了。刘小楼立刻起身去找财主理论。

当时的班主叫李品一，是北京日伪政府的区联络员，很有势力。当刘小楼来到柜房时，李品一正和几个亲信打麻将，见刘小楼进来，忙招呼他上桌来玩。刘小楼说："我不会，我是来讲公事的。"李品一一听冷了脸，说："讲什么公事，戏份儿都开了。"刘小楼讲了自己的理由，李品一牌也不出了，瞪起眼睛问："这是谁的主意？"刘小楼说："是我的主意。"李品一一不做，二不休，索性掏出手枪拍到桌子上，吼道："这还反了，不行！"刘小楼笑了，说："李财主，你敢用你的枪打我吗？"李品一一愣，僵在那里。他的几个亲信打手立刻放下手里的牌围了上来，要对刘小楼动手。李品一倒是冷静了下来，他知道打坏了刘小楼，春节的戏砸了，损失将会无法弥补。李品一挥了挥手说："都别动，看在你刘小楼的面子上，这事我答应了，但大年的戏你们不能给我耽误。"最后所加戏份儿不仅没有打折扣，还按着戏班的要求，由两元加到三元，让戏班的人总算过了年关。

这场纠纷解决了，但双方心里都憋了一肚子火儿。无独有偶，大年初一开戏，后台经理质文朴误场，因为大年夜喝酒打牌来晚了。按戏班的规矩，误场要受罚，对谁都不能例外。戏班的演员征求刘小楼的意见，刘小楼说罚，并在祖师牌位前的牙笏上写上"罚包银5天"的字样。当这位后生经理到场后，看到牙笏上的字样，立即暴跳如雷。仗着他是班主李品一的连襟，当场将记事牙笏摔碎，有的演员上去劝阻，被他推搡开来。这下子惹了众怒，几个武戏演员围了上去，将这位犯了禁忌的后台经理一顿痛打。事情结束后，大家都为刘小楼捏了一把汗，纷纷劝他离开。春节过后，刘小楼以探家为名，带着衣箱，离开了北京。

这种事情在天津又上演过一回。那次在天津升平戏院演戏，也是赶上春节，戏班的演员李桂亭提出为个人加戏份儿，因为身单势薄，戏班财主李宝林不仅不同意加戏份儿，还借机把她辞了。于是李桂亭找到了刘小楼，刘小楼对李宝林说："戏班的规矩，辞退人得提前告知，眼看春节到了，这种时候李桂亭没地方搭班，年也过不了，这样做破坏了戏班的规矩。"李宝林很横，说："我管不了那么多。"刘小楼说："你辞她我也不干了，要辞大家一起辞。"许多在场的演员纷纷响应刘小楼，眼看控制不了局面了，李宝林只好让步。

戏曲是大众艺术，雅俗共赏，上至达官显贵，下至平民百姓，都能为之倾倒。中国戏曲注重教化作用，"要知世上看台上，不识今人看古人"，虽然观众都明白戏曲是虚拟艺术，"金榜为名虚欢乐，洞房花烛假姻缘"。因为故事来源于生活，唱念做打表演精湛，娱乐性强，更能打动人心。历史与现实、艺术与生活融为一体，潜移默化中，把戏中的故事看作生活，把演员当偶像，戏里戏外，台上台下，总有一种缠缠绵绵、斩不断理还乱的情结。"捧角儿"那是捧艺术，也是见性情的社会现象。捧到极致，为君爱，为君恨，为君生死，为君狂。

旧社会演员社会地位低下，好演员可以靠自己的表演唱红，因为地位不平等，也会因为唱红而遭厄运。1941年，刘小楼在天津演戏，那时他已经是相当叫座的当红小生。当时他和新凤霞同台演出，两个青年演员才华出众，功底深厚，演戏刻苦认真，合作默契，在天津码头拥有大批戏迷，被认为是天作之合的好搭档。"捧角儿"的戏迷自然不少，其中不乏风雅之士，也有想入非非的权贵。

刘小楼和新凤霞演绎的多是才子优伶、男欢女悦的爱情故事。在台上，他们把人物表演得出神入化，惊天动地；在台下，做人却得小心翼翼，生怕砸了饭碗，更怕从此不能演绎他们酷爱的评剧艺术。一些别有用心的"捧角儿"的，自然会碰钉子。有些权贵是得罪不起的，不久就传出"男怕刘小楼，女怕新凤霞"的流言。起初刘小楼还不以为意，照样演戏，无暇顾及，直到有一天后台来了几个侦缉队的便衣，给刘小楼戴上了手铐，抓到了警察局。过堂前，刘小楼先被带到刑讯室，那里摆放着各种刑具，阴森恐怖，带他进去的侦缉队队员故意把刑具弄得乒乓乱响，吓唬刘小楼。整日在鼓乐笙箫的环境中生活的刘小楼哪里见过这种场面，自然吓得一身冷汗。但他一直不明白自己得罪了什么人，为什么被抓到这里，到过堂时他也没想明白。他问审讯他的那个警察头头儿："你们为什么抓我？"那头头儿反问："你叫什么名字？""刘小楼。""到现在你还说谎，你知道这是什么地方吗？""我真的叫刘小楼。"那个警察头头儿啪的一声将一张"良民证"拍到桌子上，大声吼道："你叫刘小楼，这个刘连升是谁？糊弄鬼呢！"听到这里，刘小楼心里就明白了。他原名叫刘连升，刘小楼是他的艺名。在天津，凡是进戏园子看他演戏的观众都不会为这种事大惊小怪，这位警察头头儿拿这件事做文章，显然是故意找碴儿，这才叫"欲加之罪，何患无辞"。刘小楼是个吃软不吃硬的人，自然不服争辩几句，那头头儿就火了，一声"上刑"，立刻上来几个打手，按住了刘小楼。正在这时，进来一个穿着纺绸裤褂的中年男人，带着几分斯文地制止了警察头头儿，他说："这是我的表弟，手下留情吧！"刘小楼望着这个突然冒出来的"表哥"，又糊涂起来。

　　最后还是这位"表哥"做担保，刘小楼才被放了出来。这位"表哥"说："你不认识我，我可认识你，我常看你的戏，为你捧场。实话告诉你，在天津这块码头，你是唱不下去了，有人出重金要废你，什么原因你也别问了，还是远走高飞吧！"后来刘小楼才知道，天津地面上一个有势力的要人看中了新凤霞，要纳新凤霞为妾，被新凤霞拒绝了。于是这个要人迁怒于刘小楼，要置刘小楼于死地，好断了新凤霞的念头。这种毫无缘由的猜度让刘小楼很无奈，只好辞别戏班，回北京唱戏。而新凤霞也不敢在天津登台，只好避开锋芒，跟着戏班去山东跑码头。

　　说起旧社会的经历，刘小楼先生更多的是感叹。他说："我生于乱世，后来虽然在舞台上演出了名气，敢和班主争，敢和恶势力斗，但始终有一种无依无靠的感觉，毫无安全可言。我这个人脾气大，看不得不平事，嘴上又没有把门的，因此常常吃亏。直到解放后，我才体会到人和人之间的平等。我留在哈尔滨发展评剧事业，也完全是因为哈尔滨的领导对评剧的重视和当时和谐平等的人际关系。"

　　1950年，刘小楼先生和喜彩苓带着评剧戏班来哈尔滨演出评剧《良红玉》，在一次招待市劳模的演出会上，当时的市委书记李长青看过戏后，很欣赏刘小楼先生的表演才华，当即向刘小楼先生提出让他留下来组建哈尔滨评剧团的建议。当时刘小楼先生还有些犹豫，后来时任文教局长的史文生先生特意找到刘小楼商谈此事。午间，史局长留刘小楼先生吃饭，餐桌上每人一碗粥、一个馒头、一小碟咸菜、半块腐乳的"份儿饭"让刘小楼先生大为惊愕。虽然因为来了客人，又加了一个炒鸡蛋，但这已经足以让刘小楼对共产党的干部刮目相看了。市领导对评剧的重视和朴素祥和的态度，让刘小楼下了留在哈尔滨办评剧团的决心。

刘小楼先生落户哈尔滨后，与喜彩苓合作，很快唱红了冰城。他们合作演出的剧目《白蛇传》《人面桃花》等，成为评剧的代表剧目，被人们津津乐道，流行于大街小巷。

评剧作为北方的一个剧种，唱腔悠扬，表演活泼，生活气息浓厚，通俗易懂，拥有众多观众。刘小楼先生在新的环境中，对评剧表演艺术进行了大胆改革，他不仅对自己的表演艺术精益求精，而且对青年演员也提出了严格的要求，一再强调"艺在神韵，技在精深"，舞台上的举手投足，要做到意到神到。戏是编出来的，人物是演出来的。舞台上，演员的手、眼、神、法、步要夸张，才能传神。还要充分发挥服饰、道具的功能，领子、帽子、翅子、穗子、胡子、袖子、鞋子、扇子、把子，不仅是装饰品，而且要用活它们，让它们出戏，为人物传神，为剧情添彩。说到高兴处，这位老人仿佛又回到了舞台上，不免绘声绘色、手舞足蹈起来。我想，戏曲表演更像写意画，用夸张来反映真实的生活，让观众心领神会，叫好叫绝。

评剧来自民间，与现实生活有着密切的联系，在形成初期，又受辛亥革命和"五四"新文化运动的影响，有着编演时装戏的传统。解放初期，刘小楼先生就积极参加评剧现代戏的编演工作，由他编剧、导演、主演，或与人合作编剧的《难逃法网》

《铁骨冰肌》《老共青团员》等评剧现代剧，产生过广泛的影响。哈尔滨评剧院在刘小楼、喜彩苓等表演艺术家的带领下，广泛征集人才，刻苦磨炼技巧，大胆推陈出新，赢得大量观众，不仅在哈尔滨有着极大的影响，还经常在全国巡回演出，并且到国外进行文化交流，成为当时著名的四大剧院之一（其他三个剧院是中国京剧院、上海越剧院、成都川剧院）。哈尔滨评剧院的成长、壮大和刘小楼先生等一批艺术家的努力是分不开的。

想起往事，刘小楼先生感慨万千。当年，他决定落户哈尔滨不久，正值全国都在组建各类专业剧团，时任文化部艺术事业管理局局长的田汉先生，在北京特意请刘小楼先生便宴。在座的有安娥和小白玉霜，席间田汉先生提出请刘小楼先生回北京中国评剧院，与小白玉霜两个人一生一旦合作演出。刘小楼先生虽然也想回北京发展，但哈尔滨领导对评剧事业的重视，哈尔滨观众对评剧的热爱，让他难以割舍。面对田汉先生的好意，只好以"一女不事二夫"的笑谈婉谢了。从1950年至今，已经过了56个春秋，刘小楼先生算是个老哈尔滨了。

说到刘小楼先生对哈尔滨评剧事业的贡献，不能不提到另一位评剧表演艺术家喜彩苓，两人珠联璧合，在哈尔滨评剧舞台上共事30多年，以精湛的表演艺术，塑造了无数的富有生活气息的人物形象，感染了一代又一代的观众，两人也结下了深厚的友谊。作为一代名伶的喜彩苓先生晚年不幸患上帕金森病，丧失了记忆力，晚期连家人都不认识，但每当刘小楼先生去看望她，她都能喊出刘小楼的名字，可见艺术生命在一位艺术家身上的活力。喜彩苓先生于2005年谢世，享年82岁。

1989年省里召开第三次"文代会"，作为哈尔滨代表团的代表，我和刘小楼先生住隔壁房间，业余时间闲谈，天南海北，谈艺术，谈生活，谈着谈着，谈到人生的遗憾。刘小楼先生说："我是旧社会过来的演员，对演员社会地位的变化有着深刻的感受。解放后我一直积极要求加入党组织，至今没能如愿。"原因是解放前，他娶了两位夫人，原配夫人韩庄芳，是父母从小定的娃娃亲，结婚后一直毫无怨言地在家照顾公婆。刘小楼先生长年在外奔波，生活上无人照料，后来又迎娶了第二位夫人高婉华，高婉华一直跟随在刘小楼身边，东奔西走，尝尽艰辛。这种事在旧社会司空见惯，解放后就成了原则问题，自然不能解决入党问题。有人劝他在形式上可以离掉一个，日常生活该怎么过就怎么过。刘小楼先生不愿意弄虚作假，更不愿意伤害亲人。两位夫人相处得非常融洽，像亲姐妹一样相依相伴。所谓"英雄气短，儿女情长"，处在矛盾之中的刘小楼先生只能在遗憾中度日，但仍然心怀对共产党的热爱和对新生活的追求。直到1992年韩庄芳谢世，70岁高龄的刘小楼先生才如愿以偿，加入了中国共产党。

这次专程采访刘小楼先生旧话重提，我说这件事可以写吗？他说一个人的功过是非是客观存在的，无法回避，也不必回避。这让我想起他做人做事的"八不"原则："不贪财、不恋位、不嫉贤、不妒能、不揽功、不避过、不思强、不欺弱。"

云燕铭的京剧人生

　　云燕铭先生是广东南海人，原名罗钜埙，"钜"者铁也，"埙"者古乐器也。父亲给她起这个名字，大概因为她性格如铁，长大注定吃开口饭吧。这个名字的特别之处还在于没有哪个女孩子会用这两个字做称呼。

　　梨园世家的云燕铭先生小时候并不喜欢唱戏，她觉得凭什么我们化上妆在台上咿咿呀呀地唱，别人在台下悠悠闲闲地听，有点不公平。但生存环境决定她这一生和京剧结下了不解之缘。她8岁开始学戏，先后拜京剧名旦冯子和、程砚秋、王瑶卿先生为师。戏曲表演有着程式化的技巧，唱念做打，一招一式，一腔一调，一个手势，一个眼神，有来处，有去处，传神写意，马虎不得。名师指点，口传心授，让云燕铭先生受益匪浅。这几位戏曲大家，对京剧表演艺术有着深厚的功底和丰富的舞台经验，都有自己的绝活儿，有自己的建树。不同的演员演同样的剧目、同样的角色，都有不同的特点。这为只知道学戏，不知道怎样演戏，对京剧艺术还处于懵懂状态的小云燕铭的日后舞台生涯铺下了坚实的路基。

当年跟着母亲和外祖父跑码头，到处搭班子演出，生活颠沛流离，很难静下心来专心学戏，特别是练童子功时期，吊嗓子，练身段，绝非一日之功。母亲忍痛将她送进厉彦之主持的对演员进行少年教育的厉家班，在那种大班带小班的环境中磨炼自己。童年时期的云燕铭虽然不想当演员，一旦投入梨园生涯，吃上这碗饭，她那种好胜、事事争第一的性格就显现出来了。成为一个好演员，成就个好角儿的愿望激励着她，学戏练功都使出浑身力气。厉家班是家族班底，对学生要求很严，厉家子弟也都是出类拔萃的人才，这也激发了云燕铭上进的决心。

练功场地并不宽敞，练功的课程安排得井然有序，她常常是第一个起床的人，一个人跑去练腿功、腰功，跑圆场，等到大家都到齐了，她再加入学生队伍中。练功消耗体力，又不敢吃饱饭，怕影响形体动作，挨师傅打是家常便饭，那时她练功真练得"死"过去，人们叫她"小疯子"。小云燕铭在厉家班接受了严格的训练，但厉家班毕竟是私家班底，尽管云燕铭学了一些戏，也有了一身的功夫，上台演出的机会却并不多，更难以担当挑大梁的角儿。后来，母亲把她接出厉家班，开始带着她跑码头，使她有了展露才华的机会。那时搭班子、跑码头很难，没有真本事难以叫座，弄不好会被搁到"旱岸"上，生活没有着落，逼着演员较真儿。云燕铭先生靠着扎实的基本功和师傅的真传，十几岁就演出了名堂，成了戏班的角儿，戏唱红了，有了观众，挂了头牌。

旧社会女演员唱不出来难，唱红了也难。年轻的云燕铭在舞台上浑身是戏，要功夫有功夫，要扮相有扮相，难免招惹是非和麻烦。有一次在烟台演戏，一个日伪治安军的军官看完演出后，扬言要带走云燕铭，并伸出大拇指，当着众人的面用利刃削掉一块肉，并放出话来，云燕铭要是不跟他走，就是这个大拇指的下场。这下子可把云燕铭和她的母亲吓坏了，母女二人从戏园子的后窗逃走，躲到相邻的一个居民家中过了一夜。母亲常常感叹，带着一个女孩子闯江湖，跑码头，真像带了一包炸药，担惊受怕，不知什么时候就会引爆了。

年已八旬的云燕铭先生念念不忘的还有一位恩师欧阳予倩先生。欧阳予倩先生早年留学日本，受"五四"新文化运动影响，青年时代从事话剧的创作和表演，是我国话剧事业的奠基人之一。后来从事京剧表演，以渊博的知识和精湛的表演赢得众多观众，他广泛吸收各家之长，自成一体，曾一度和梅兰芳先生齐名，有"南欧北梅"之誉。他和田汉、洪深、马彦祥等人被称为戏剧界"四骑士"，都是致力戏剧改革的时代人物。欧阳先生告诫云燕铭，京剧表演要遵循程式化的传统，唱念做打自有源流，尊重戏曲的本色，但不要拘泥于传统，要深入人物的内心世界，把握不同人物的心理。程式化的表演要为表现不同人物服务，才能演出不同人物的个性来。演员走上舞台要忘掉自己，不要老想着自己是云燕铭，演穆桂英你就是穆桂英，演苏三你就是苏三，还要忘掉观众，不要老惦记着观众什么时候叫好，你把人物演活了，戏演好了，叫好声自然会来。

解放后，云燕铭先生进入北京中国京剧院。1949年，经田汉、欧阳予倩、洪深等人介绍，与时任国务院戏曲改进局副局长的马彦祥先生结婚，结束了漂泊的生活。

在中国京剧院演出期间，是云燕铭先生表演生涯的一个高峰期，告别了闯江湖、跑码头的生活，进入国家京剧院，又得到王瑶卿、欧阳予倩等前辈艺术家的悉心指导，她的舞台更加宽阔，艺术上更加成熟，也获得了更多更新的观念。云燕铭婚后的生活也趋于稳定，尽管连续生了几个孩子，却并没有影响她在舞台上展示自己的才华。

这期间，云燕铭演出了田汉先生的《江汉渔歌》，传统剧目《打金枝》《蝴蝶杯》《天门阵》《玉堂春》《拾玉镯》等花旦、武旦戏，塑造了一系列鲜明的女性形象，有刁蛮任性的公主，有命运多舛的少妇，有拼杀疆场的巾帼英雄，有天真活泼的怀春少女，博得了观众的喝彩。这期间她随中国京剧院多次出国演出，先后到过苏联、捷克斯洛伐克、波兰、丹麦、芬兰、瑞典等国家，成为传播友谊、交流文化的使者。

解放后，中国戏曲艺术出现了一个新的繁荣期。1958年，哈尔滨京剧院为了活跃戏曲舞台，特邀请云燕铭先生来哈演出。哈尔滨观众对云燕铭先生早有所闻，对京城来的角儿更是充满期待。对于一个青年演员，初到一个陌生地方亮相非同小可，首先要唱好开台的"打炮"戏。富有演出经验的母亲告诫她"打炮如投胎"，成败得失至关重要，唱好了就能立得住脚，唱不好就会抬不起头。何况当时剧院的旦角演员张蓉华、韩慧梅等人已崭露头角，蜚声于京剧舞台，拥有众多的戏迷，这对年轻的云燕铭来说，无疑是一种无形的压力。初来乍到的云燕铭不敢怠慢，果然在选择"打炮"戏的剧目上遇到了麻烦。她先选了《天门阵》作为首演剧目，立刻遭到反对，《天门阵》是以武戏著称的张蓉华的拿手好戏，是她每演必加价的重头戏。有张蓉华比着，人们担心云燕铭打哑炮。云燕铭又提出唱《玉堂春》，这又引起一片反对声，因为当时京剧名旦丁至云前不久来哈演出，告别剧目就是《玉堂春》，名旦先声夺人，给哈尔滨的观众留下了极深刻的印象。缭绕的唱腔还没散去，此时唱《玉堂春》显然是吃力不讨巧，也是演员的大忌。但天性好强的云燕铭并不介意，相信尺有所短，寸有所长，各有各的唱法，甚至说了一句赌气的话："这也不能演，那也不能演，那我回去呗。"话虽这么说，戏还是要演，头场"打炮"戏《天门阵》，云燕铭扮穆桂英，扎靠、背旗、头戴七星额子，双翎飘逸，一身重彩行头，在舞台上趟马，一个圆场下来，尚不见功夫，连跑了三个圆场，叫好声已经四起。有一个射雁动作，一般演员扮穆桂英，跑一个圆场，左手持弓，右手拉弦，将箭射出。而云燕铭在跑圆场过程中，将箭搭在弓上拉满弓弦，左手握住满弦的箭，右手持马鞭，边跑圆场边唱，三个半圆场跑下来后，再一个"卧鱼"，单手从背后将箭射出，立刻赢得满堂的喝彩。整个《天门阵》下来，云燕铭的表演得到了观众的赞赏，也得到了同行的认可。接下来的事情就好办多了，第二天晚上的《玉堂春》，是唱功戏，积累了多年的舞台经验都派上了用场，同是程式化的动作，从人物内心世界出戏，举手投足，把苏三的境遇和复杂的情感表现得淋漓尽致，她的《玉堂春》同样获得了成功。这使得云燕铭想起几位前辈的教诲，演戏要演人物，演人生，即使是武戏，一招一式，写意味很浓，也要讲究"打人物、打感情"，把虚拟动作注入生活元素，在似与不似之间，更能准确地表现生活。

云燕铭先生在哈尔滨的演出获得了成功，哈尔滨京剧院决定调云燕铭来剧院工作，以充实京剧队伍的力量，进一步活跃舞台生活。离开京城舞台，来边远城市工作、生活，这对云燕铭先生来说，无疑是人生的一个转折点。在京的亲友担心她过不惯东北严寒的日子，也有人担心哈尔滨观众对京剧的钟爱程度，更有人担心她在性格、文化心理上能否适应新的生活环境。领导的关心、观众的热情、可以施展才艺的大舞台留住了云燕铭，特别是剧团的演员们对她的友好情谊让她感动，她留在了哈尔滨。近五十年的京剧生涯，让她成为一个地道的哈尔滨人。

在表演艺术上，她坚持博采众家之长，走自己的艺术之路，在哈尔滨的舞台上树立了自己的形象。她表演认真，大戏小戏一丝不苟，角色变换自如，青衣、刀马旦、闺门旦都能演出特色来。她继承传统，敢于创新，哈尔滨京剧院首先推出京剧现代剧《革命自有后来人》，她饰演李铁梅，进京演出获得广泛好评。

1959年，因性格不合，云燕铭先生与马彦祥先生分手，云燕铭先生带着一儿一女，开始了独立生活。

作为年近八旬的老艺术家，云燕铭先生的身体状况虽不及以前，但精神状态尚好，谈起往事，意犹未尽，感慨万千，客厅里充溢着宁静与温馨，静谧之中让流动的岁月沉淀下来。

她说："从八岁启蒙学戏，至今已有七十余年。演了无数的剧目，扮演了无数的角色，有成功，也有失败；有喜悦，也有挫折。喜怒哀乐，恩恩怨怨，离不开京剧和舞台。京剧成了我生命的一部分，回想起来也是缘分吧。"

谈话中提起她当年不愿意学戏，却一生与京剧结缘，真是无心插柳柳成荫。我不禁说道："今天看来，您的人生选择是有价值的。"云燕铭先生笑了，她说："当时的生活环境还能有什么别的选择吗？戏班人家的子弟到了一定年龄就得学戏，不然没有别的出路。旧社会演员大多没有文化，没有条件上学。好在我母亲受冯子和先生的影响，主张演员要读书，她教我识字，让我受益匪浅。我母亲艺名新兰秋，是个不错的旦角演员，唱功、扮相都不错，我唱红了以后，她的全部心血都倾注在了我的身上。京剧是一门艺术，作为演员终其一生难以穷尽。做一个好演员不容易，几位前辈大师也是活到老，学到老。我这个人争强好胜，吃上演员这碗饭就要当最好的演员。观众平时只看到演员在舞台上的风光，一段唱腔、一个身段、一套功夫，博得台下的喝彩和掌声，殊不知演员们在台下下了多大的力气。台上一分钟，台下十年功，功夫是练出来的，冬练三九，夏练三伏，风雨无阻，吊嗓子、练身段、学戏文，要想当一名好演员，除了天赋以外，没有不付出多于常人数倍代价的。也许是吃苦吃怕了，我的两个孩子我都没有让他们学戏，再说艺术是一项严肃的事业，当不了好演员，成不了角儿，就不必走这条路。三百六十行，行行出状元，孩子们都有自己的事业，同样是对社会的贡献。现在的年轻人热衷于艺术，恐怕多是受成功的例子影响，然而，能在艺术上获得成功的人毕竟是少数。"

作为一位老艺术家，云燕铭先生自然是成功者，可谈话间她仍然流露出对自己的不满足。她说："我嗓子先天不足，不敞亮，小时候跟母亲学戏，常被母亲训斥'难听死了'，虽然经过后天的训练，可以登台演出，什么戏都可以唱，但我自己心中有数，唱功不是我的强项。跟程砚秋先生学戏，我感到很吃力，虽然行过拜师礼，摆过拜师宴，但最终还是没有继承程派艺术。"但"程派"那种深沉含蓄、外柔内刚、若继若续、圆润鲜活的唱腔，给了她极大的启示，特别是程先生表演上的创新精神，更让她受益终身。

谈到同辈演员，溢人之美，取人之长，更是贯穿于云燕铭先生的言语之间。云燕铭先生反复表示："在剧团里，我唱功不及韩慧梅，武功不及张蓉华。韩慧梅扮相好，嗓子亮，唱出来如行云流水，听着舒服。同台演出《打金枝》，我演长平公主，韩慧梅扮沈后，梁一鸣先生饰代宗皇帝。韩慧梅演的沈后大气、端庄，梁先生的代宗皇帝威严、亲和，还有扮演郭暧的小生演员，一场戏下来，几个人合作得天衣无缝，让有些刁蛮的长平公主不得不服从'虽是帝王女，嫁到民间是民妻'的舆论，盼着丈夫回家过平民日子。每个人的戏都演足了，一场充满尖锐矛盾的戏得以圆满收场，让观众赞叹不止。"

听云燕铭先生的一席话，我想艺术无止境，人生难寻休闲的驿站，这些过谦的感慨，表现出一个艺术家难以释怀的追求和探索。我看过几出云燕铭先生的戏，无论是花旦、武旦，确实做到了"守成法而不拘泥于成法，脱离成法而不背乎成法"，在表演上形成了自己的风格，其唱念做打的功夫，对人物内心情感的表现，对人物性格的刻画，无不形神兼备。中国重写意的传统戏曲艺术，造就了一批又一批技艺精湛的表演艺术家，也推动了戏曲艺术的革新与发展。今天，面临人心浮躁、文化多元的局面，京剧被关进了象牙塔，成了"和者寡之"的阳春白雪，许多人为之担忧，我很想知道云燕铭先生对京剧命运的看法。云燕铭先生说："作为一名演员，我当然希望京剧繁荣，京剧艺术博大精深，我相信京剧艺术的生命力。当然京剧自身也要变革，从内容到形式，甚至演出方式，都要适应社会的需要。"

韩景生的油画光影

　　哈尔滨是近代崛起的移民城市，也是中外多元文化的汇聚地，其文学、美术、音乐、建筑等艺术都有鲜明的地域文化特色，也滋养了一批有成就的艺术家。前几天，经老朋友，画家杨守本先生介绍，我有幸参观了老一代油画家韩景生先生的油画陈列室，面对老画家几十年心血的结晶，我的心里萌生出许多感慨。

　　油画在中国广泛发展是"五四"前后的事情，一些致力中国绘画的画家开始把目光投向海外，纷纷去欧美和日本学习油画。他们的努力不仅丰富了中国画的表现技巧和内涵，在学习和借鉴的过程中，也使油画在中国扎根，成为中国绘画的一部分。

　　韩景生先生生于1912年，祖籍河北，20世纪20年代移居黑龙江，先是在一家店铺当学徒，因喜欢美术，15岁时参加了由刘海粟先生在上海创办的上海美术专科学校，函授学习油画，开始了他近70年的油画创作生涯。其间也曾就读于俄国人在哈尔滨创办的美术传习所。20世纪30年代在哈尔滨工业大学建筑系任教期间，师从日本画家佐藤功和石井柏秀。陈列室里悬挂着画家17岁时的处女作《乡间庭院》，至画家晚年的系列作品，有人生写意，有风景和静物写生，其中还有先后被中国美术馆收藏的40多幅作品的复制品。其中有绘画原作，也有创作草稿，这些作品展示了画家70年来走过的历程，也凝聚着画家为油画艺术倾注的心血。这里展示的虽然只是画家的部分作品，然而那扑面而来的艺术感染力却让人心灵震动。韩景生先生的画色调沉郁，笔触凝而不重，构图严谨，在画面的空间布局上，有严谨和空灵相融的效果，大者不乏细致，小者不乏厚重，用丰富的色彩构成的绘画语言表达着万物生灵的鲜活意境，给人留下审美愉悦和对生活的憧憬。

据老画家的儿子韩秋成先生介绍，老画家为人谦和，视绘画为生命，无吸烟喝酒的嗜好，安贫乐道，不为名利所动；一生以绘画为伴，积点滴时间，倾全部心血，用油色抒怀，用心灵与画布交流，朝晖晚霞，夏雨冬雪，山林田野，街头巷尾，小院一隅，总有画家与笔相伴的身影。艺海无涯，上下求索，对绘画艺术怀着宗教般虔诚的韩景生先生，晚年外出写生不便，便以鲜花为静物，仍孜孜不倦地追求艺术的真谛。

韩景生先生的油画，有着"印象派"生动的色彩，有着"写实派"的严谨，在长期的艺术实践中，形成了自己的绘画风格。看韩景生先生的画，有鲜活与沉郁、浪漫与严谨、动与静融为一体的凝重感。韩先生的早期作品多以人生为题材，如凝思的《女孩》、田野上的《马车》、野浴的《浴场》、在街头等车的

《急归》，还有后来的城市风景写生画，如《报社》《我居住的小街》《石磨坊》《木房小院》《铁路职工居住区》《明日的新居》，还有"小院雪景"系列等，不仅展示了画家的创作历程，也写尽了这座城市特有的风韵，留下了城市的历史印记。这些静默之作，洋溢着画家对生活的拥抱之情和对艺术的钟爱之意。

由于特定的历史时期和地域的局限，韩景生先生作品的影响很长时间没能融入中国绘画的主流。作为一个一生潜心油画创作的艺术家，韩景生先生即使处于卑微的处境也从没有忘记民族的苦难，在陈列室里，一幅油画草稿引人注目，近处是几个人物的朦胧身影，远处是被屠杀者的遗体，这是画家20世纪30年代创作的反映那场民族灾难的一幅《流民图》的局部草图。40年代后期，他的油画《被日寇炸毁的机场废墟》，无论是思想内容还是绘画技巧都达到了一个高度，个人创作风格更趋成熟，展出后备受称赞，后被中国美术馆收藏。

解放后韩景生先生投入大量精力从事伟人像的绘制。新生活也给了他新的创作激情，其色彩更加凝重，形体造型更加沉稳，作品充满激情而毫无倦意，这期间的作品多次参展并获奖，其中《镜泊湖瀑布》作为人民大会堂里黑龙江厅的代表作品悬挂在那里。韩景生先生1993年第一次在中央美术学院举办个人画展，受到了美术界专家和观众的好评。有九幅参展作品被中国美术馆收藏，其人其作被评论家誉为"东北地区为数不多的第一代油画家的代表""填补了东北地区早期油画的部分空白"，并成为"黑龙江油画创作第一人"。

我的街坊胡小石

　　我和胡小石先生是街坊，两家住的公寓楼只隔着一条小路。胡小石先生的公寓楼住着歌舞剧院的几户人家，其中包括词作家王德先生。因住得比较近，又临近江边，散步时经常会遇到胡小石夫妇和王德夫妇，所谓低头不见抬头见，攀谈几句，说说今天天气之外的话多了起来，渐渐由相识到相知，成了无话不谈的朋友。王德先生由歌舞剧院调到文联，我和他由街坊成了同事，自然接触多了。只是这位《塞北的雪》的词作者退休后，同夫人去了上海，定居浦东，过起江南寓居的日子，我们这一路之隔拉开了大江南北的距离，见面的机会少了。倒是胡小石先生和我这个街坊老守田园，除了江边散步，文艺界的一些老朋友也常聚在一起小酌，谈笑之间，对胡小石先生有了更多的了解。

　　胡小石先生祖籍安徽绩溪，出生于扬州，胡小石先生的祖父胡继安当年与董必武同去日本留学，学习政法，北伐时办过《国权报》宣传民主思想，因反对蒋介石的独裁政治被暗杀。父亲胡铭忠赴天津迎回祖父的灵柩，路经上海时逢一二·九抗日救亡运动，日本人炸毁了停放灵柩的静安寺，祖父的遗体在战火中化为灰烬。父亲胡铭忠怀着家仇国恨，北上投奔傅作义，参加过长城抗战，后起义参加了解放军。父亲常年奔波在外，胡小石与姐姐一直跟着母亲，在外祖父家长大。

胡小石的外祖父唐世杰，也是学法政出身，这位唐伯虎宗族的后裔，读书传家，文脉悠长，曾任民国时期济南地方审判厅第一任法官，后因不满官场腐败，弃官隐居扬州。唐家是个传统的大家庭，外祖父对胡小石十分宠爱，管教也很严厉。上学前从不允许他个人走出庭院一步。每天除了背诵《弟子规》外，还要学弹古琴、琵琶，背诵唐诗宋词。充满童真的胡小石，面对一个大家庭规范给他的人生起程，难免感到寂寞，《弟子规》的哲理，音乐的熏陶，并不能满足一个孩子的欲望。好在外祖父家里有个黛瓦粉墙的庭院，花窗下、粉墙边，种有花木竹林，点缀着太湖奇石。春去夏来，游戏其中，给他增添了不少"红了樱桃，绿了芭蕉"的天然情趣，树上知了的叫声，池中游弋的鱼儿，也给了他拘谨的童年生活些许的慰藉。这种童年生活也潜移默化地滋养了他日后对文艺的兴趣和创作的能量。

外祖父对胡小石的人生寄予厚望，渴望把他培养成一个对社会有用的人才，在他4岁的时候，外祖父就牵着他的手，走出森严的庭院大门送他上了小学，开始了他的求学之路，使他16岁就以优异的成绩考上了华南大学，成了中文系的一名大学生。出于对古典文学的热爱，他选修了先秦文学名著《楚辞》作为研究专题，屈原的爱国思想和华丽的诗章对他产生了极大的影响，他曾一度想成为研究楚文化并有所建树的人才。大学二年级时，恰逢反右运动，这位热心《楚辞》研究的青年学子，怀着满脑子诗人"天问"的激情，带头上教育局为被打成右派的老师辩护，他的激情第一次被泼了冷水，他的"天问"的结果是被定成右派言论，毕业时被发配到黑龙江。

黑龙江对这位扬州游子是宽容的，把他分配到哈尔滨歌舞剧院从事音乐文学创作，时任院长的沙青，为了让他熟悉舞台艺术，要求先到乐队工作三年。有家庭教育的功底，谙熟各种乐器的胡小石先生，在乐队里演奏琵琶、扬琴、大阮、小阮，还兼着创作剧院演出时的临场文字满足观众的需求，他忙碌着创作着。那时的巡回演出，需要就地取材，编演些即兴节目，他从这里起步，走上了艺术人生之路。

1962年哈尔滨歌舞剧院机构变革，分为省歌舞剧院和市歌剧院两家。歌剧《白毛女》曲作者张鲁时任省歌舞剧院院长，他很欣赏胡小石的才华，把胡小石正式调入创作室。当时剧院的主唱演员郭颂先生的传统民歌《丢戒指》《瞧情郎》等正风靡歌坛，但苦于缺少反映现实生活的新民歌。他把这一想法告诉了胡小石先生，正在三江平原赫哲族自治乡深入生活的胡小石先生欣然接受了这一任务。

黑龙江辽阔的黑土地，茂密的森林，巍峨的群山，冰雪的洗礼，多民族的历史文化，让这位从瘦西湖畔走出来的年轻人大开眼界，新的生活环境也唤起了他的创作激情。

在赫哲族自治乡，胡小石先生同赫哲族老乡一同捕鱼狩猎，喝酒吃杀生鱼，欣赏他们跳《天鹅舞》，听女人唱《嫁令阔》，听老人唱《伊玛堪》。赫哲人的音乐舞蹈和民族史诗，记下了一个民族生生不息的精神和文化上的传承，质朴而生动，他聆听着，观赏着，记录着，感动着他为一个曾经濒临消亡民族的新生感到高兴，脑海里不断浮出赫哲人生产和生活的图景。他坐在赫哲人的打鱼船上，望着远处的青山、眼前湛蓝的乌苏里江水，由衷地吟出歌颂赫哲人生活的诗章。

《乌苏里船歌》写成后，由汪云才先生谱曲，正准备出国演出的郭颂先生，拿到词曲后，首先在日本和香港试唱，受到热烈欢迎。回国后在北京举办的"郭兰英、郭颂、胡松华民歌演唱会"上首唱，更是引起轰动，由胡小石、汪云才、郭颂三位年轻的艺术家，珠联璧合推出的这首歌词清新、充满民族音乐旋律的歌曲，红遍大江南北，久唱不衰，成为人们喜爱的经典之作，并被联合国教科文组织选为亚太地区音乐教材曲目。

那场对文化的"革命"开始后，"三突出"成了创作要求，"打倒一切"成了革命口号，那位中央"文革"领导小组中的"文艺权威"发话，责成工作人员打电话通知胡小石，让他把这首反映赫哲人新生活的歌曲改成"手握钢枪保边疆"的词意。这种大棒似的指示让胡小石先生百思不得其解。一部成功的作品有艺术的磨砺，也有生活的积累，有很强的针对性，《乌苏里船歌》词曲的鲜明个性，是艺术创新带来的生命力度，已被群众喜爱和被社会广泛认同。这种把艺术作品统一到口号下的简单做法，完全违背了艺术创作的规律。胡小石先生拒绝了其指示。这无疑是捅了马蜂窝，因"天问"而遭过"文祸"的胡小石先生，再次受到惩罚，《乌苏里船歌》被封杀，他自己也被戴上了"反中央文革"的帽子，先是在团里被批斗，后又被发配到"五七干校"伐木队劳动改造。那是极其繁重的体力活，就是强壮的伐木工人也会感到吃力。木头扛压在肩上，脚下像生了根似的沉重，在号子声中艰难挪步，劳动下来一顿饭能吃下6个玉米面大饼子，连他本人都对自己的体能和饭量感到吃惊。这个柔弱的年轻人总算坚持了下来。

一年后，他带着妻子王秀金由干校转到阿城县郝罗屯插队落户。面对一望无际的黑土地，外祖父的期望，童年的教育，大学时代的追求，文艺团体的创作激情，都化为烟云。他和妻子都成了春种秋收的农民，住草房，睡火炕，早出晚归，学会了北方农田里的庄稼活，握笔的手磨出了茧子。命运的巨变，激起他内心新的疑惑。在郝罗屯，他和因演唱"黄色"歌曲获罪的郭颂先生一家同在一个生产队，在那个严酷的年代，朴实的农民自有待人处事的哲学，他们喜欢听民歌，白天在生产队里进行轰轰烈烈的大批判，痛诉"封资修"，夜间关好门窗，请郭颂先生到坐满听众的农家小屋里演唱已被封杀的《乌苏里船歌》《新货郎》，甚至包括被批判得体无完肤的"黄色"歌曲《丢戒指》《瞧情郎》，用这些充满人情味的音乐来慰藉被扭曲了的心灵。为了保护他们喜欢的歌手，当地农民还以表现好为名，推荐郭颂先生到县剧团演样板戏，可擅长唱民歌的郭颂先生在京剧样板戏团并没有用武之地。人同此心，心同此理，团里便安排他演样板戏《红灯记》里只有一句台词的跳车人，成了样板戏团里的编外演员，每个周末可以回郝罗屯和家人团聚。下放的队员们常聚在一起喝酒聊天，众人开玩笑地调侃郭颂："还是你老兄和农民结合得好啊！"说完大家举杯祝酒，开怀大笑。那时，人们已经学会了用这种苦涩的玩笑打发那荒唐的日子。农民的质朴和应对现实生活的"狡黠"，不仅让这些"下放户"们得到某种安慰，更让胡小石先生看到人间正道——文艺终会复苏和人性终会解放的希望。

"文革"后，回到歌舞剧院的胡小石先生，先后担任了省歌舞剧院的副院长，省音乐家协会副主席、省音乐文学学会会长，《词刊》编委。在繁忙的院务工作和社会活动之余，坚持创作舞台音乐剧，电影、电视剧主题歌曲，全国冬运会会歌等作品一千余首，获得国家和省级多项金、银奖。这位从扬州走出来的艺术家，在黑土地的滋养下多了些东北人的豪爽，他笔下的作品既有水乡的细腻抒情，又有塞外山河的豪迈大气。由他执笔创作的音乐剧《鹰》，以磅礴的气度描绘出北方古老民族在这片土地上生息发展的壮丽图景，彰显出地域文化特有的魂魄气势，获得了普遍的认同和好评，获得了国家级的"文华奖"。

退休的胡小石先生依然笔耕不辍，佳作迭出，2009年他创作的大型歌舞《中华吟》荣获了文华新剧目奖。他也依然保持着早已养成的晚睡晚起的生活习惯，老朋友聚会，酒量不减，谈笑风生，戏称自己是"70后"，戏言自己的人生格言是"吸烟喝酒不锻炼，天天熬夜两点半，功名利禄冷眼看，七十五六一老汉，能跑能颠能吃饭，家务杂活全会干，呼朋唤友扯扯淡，一心一意陪老伴"。 他的人生格言虽是戏言，无不流露出他乐观豁达的心态。我认识他的夫人王秀金已经二十多年了，他的生活点滴在她那里都能得佐证，在王秀金眼里，胡小石先生不仅能做家务会做饭，还是一个充满生活情趣的"暖男"式的好老头。平日除了案头写作，他喜欢收藏各种艺术造型的打火机，那些想象丰富、造型奇妙、琳琅满目的收藏品远远超出了它们的实用价值，成了胡小石先生业余生活的另一种情趣。

去年初他曾经谈起他的新作，一部反对战争、呼唤人类和平的大型音乐剧《号声为爱吹响》，现在已经完成。几十年沉浮磨砺，胡小石先生的音乐号角依然悠长嘹亮。

臧尔康的城市风情

在臧尔康先生的画室里，上上下下摆放着他近来创作的20多幅关于老建筑的风景油画。画面上，建筑艺术、城市风情、历史足迹、人文精神，色彩斑斓地呈现在眼前。老建筑、老街巷、老庭院，从教堂到庙宇，从洋房到楼阁，风情人物，历史年轮，线条简洁明快的同时，也不失斑驳沧桑的厚重感。徜徉其间，犹如走进时空交错的历史长廊，每一幅画都会让人生出许多遐想。

臧尔康先生的这一组老建筑系列作品，让我们看到了一个人、一座城市、一段历史的回眸。臧尔康先生的画，笔触细腻、色彩沉稳、造型准确，力求形神兼备，在平淡中挖掘人与物的生命活力，以娴熟的技巧和艺术功力再现生活中的人物、风景、事物，形成凝重洗练的风格。这一组哈尔滨老建筑风景画，其中的不少作品打破了以往的沉稳与宁静，色彩鲜活多变。造型上，面对历史的变迁，以神似突出主题，努力营造一个特定的历史环境，人物、建筑、风情交织在一起，加重了老建筑的人文氛围，还原了老建筑的历史风貌，让老建筑在人们的心灵中重新站立起来、鲜活起来。

城市是现代文明的集合地，建筑又是城市文明的载体，每所建筑所散发出来的人文气息，构筑起一个城市的历史风情，供人欣赏，让人回顾。而艺术家画笔下的老建筑，不仅是通过对建筑本身的描绘来展示文化的外在美丽，更多的是赋予它由审美情趣带来的艺术上的认知。放大它的视觉感悟，抹掉或忽略它的瑕疵与不足，给老建筑以鲜活的生命，让老建筑张扬出特有的个性，以它历史和文化的内涵，来冲击现代人的视觉。当这些不同时期、不同风格的老建筑呈现在画布上，排列在一起时，人们会被一种力量所牵引。老建筑作为记录城市历史的年轮也好，作为纪念城市历史的丰碑也好，它的存在远远超越了自身的物质意义。艺术家用色块的堆砌、明暗的搭配，把老建筑留在画布上，留给读者的是对城市历史的认知和对现实生活的思考。

臧尔康先生也算是老哈尔滨人了。他出生于辽宁，毕业于鲁迅美术学院。1960年哈尔滨艺术学院成立，他应聘来学院油画系任教，一脚踏进哈尔滨，转眼就是四十多年。教学、创作，手握画笔，从哈尔滨艺术学院到哈尔滨画院，一路走下来，在艺术的跋涉中探索人生，在人生的追求中造就艺术，这也是一个艺术家生命历程的人生写意吧。作画之余，臧尔康先生的足迹遍布了这座城市的大街小巷，那些洋溢着文化气息的精美建筑深深地印在他的脑海里，臧尔康先生画笔下的这些老建筑，也是他的直抒胸臆。

臧尔康先生曾任哈尔滨画院油画创作室主任、黑龙江省油画研究会会长、黑龙江省老美术家艺委会副会长等职。曾多次举办个人油画展，多次参加全国美展，其作品被国内外美术馆、画廊收藏。油画《桦林初雪》《夏日池塘》《桦林》等作品，分别为人民大会堂、钓鱼台国宾馆收藏并悬挂展出。艺术家所遵循的艺术道路是漫长的，"路漫漫其修远兮，吾将上下而求索"。作为老油画家的臧尔康先生近来创作的哈尔滨老建筑系列作品，正是他在艺术创作道路上所做的一次求索的实践，我很仰慕臧尔康先生的这一创举。

其实艺术家是孤独的，孤独地追求、孤独地自赏、孤独地挣扎、孤独地奋进，只能对着自己的作品倾诉，把生活上的感受、艺术上的感悟，浸入作品中去，力求构筑理想的艺术宝塔。幸运和热闹的背后，仍然是内心不熄的烽火和没有止境的追求，那是艺术家一个人的永无休止的战争。

臧尔康先生的哈尔滨老建筑风景画，描绘的是一个城市的历史风情，展示的是哈尔滨的历史文化底蕴。追求是可贵的，作品是成功的。

臧尔康先生性格直率，不工心计，好酒直言，酒后的率真常成为朋友间口传的逸事。近几年因为有了闲暇时间，臧尔康先生经常和几个画家朋友酌酒尽兴。喝酒知人，艺术家的亲近性情多在杯中显得多彩，兴之所至，常常出了这家酒店，再去寻下一家酒店，尽兴为止。我因不堪酒量，常常第一个败下阵来。朋友中间，臧尔康先生好酒而无量，常常坚持到最后，不醉不归。不过现在朋友们年纪都大了，有亲情无酒力，聚在一起小酌，醉翁之意已不在酒了。

饮酒助兴，是艺术家的性情，并不见影响他作画，什么时候到臧尔康先生的画室里，都会见到他的杰作，塞北风光、草原人物，历史的回眸、人性的关注，各种题材都有涉猎，他的画架上不断地更新着他对艺术的思考和追求。

说到喝酒，我和臧尔康先生还有一份情缘。二十多年前，我调画院工作，除夕夜值班，住在画院楼上家属宿舍的臧尔康先生以酒相邀，共听新春钟声，那一份温馨至今难忘。

哈尔滨人，哈尔滨的艺术家，哈尔滨的历史风情，写不完，画不尽，共同求索吧。

我眼中的刘吉弟

今年夏天，本想约几个朋友到帽儿山去看望刘吉弟先生，他在那儿结庐作画，忘情于山水之间，踏朝露，沐夕阳，在大自然的万千变幻中，寻觅着艺术的真谛。听说那儿常聚集着一些来自各地，甚至外国的画家，还有不少青年学子，面对山水，写生作画，纵论得失，俨然有"画家村"的美誉。

刘吉弟先生为人豪爽、讲义气，平日不嗜酒，但与朋友相聚，总要豪饮几杯。就着几分酒兴，亮亮嗓子，唱几句"众贤弟来到忠义堂上"。他不是窦尔墩，没有那份强悍，唱到得意处，眉宇间透着的倒是几分义气。如今他的"画家村"不仅是一处青山绿水的艺术沙龙，也成了吸引游人的度假胜地，他的"忠义堂"上应是高朋满座了吧。但整个夏天，忙来忙去，终于没有成行。知道刘吉弟先生回到市内家里，帽儿山去不成，就去看看他的写生画吧。

那些镶在画框里的作品，重重叠叠。每次看他的画都有所收获，感叹他的勤奋，也感叹他的成果。不由得想起他的先数量、后质量，先技术、后艺术的绘画主张。对于青年学子，这无疑是一条坚实的成长途径；对于一位年过六旬的老艺术家来说，这份辛苦和执着，印证着他在无止境的艺术创作道路上所营造的人生意境。

看画品茗，自然谈到对艺术的不离不弃，彼此都有很多感慨。刘吉弟先生谈到当年走上这一条充满鲜花又布满荆棘的道路，全凭少年时期的那一份执着。少年不知世事艰难，一有时间就背上画夹去江边写生。春夏秋冬，日出日落，阴晴雨雪，形单影只，面对在世人眼里一成不变的景物，一遍又一遍地临摹写生，去发现和表现那些灵动的变化，去抒发自己内心涌动的情感。

由于油画的表现方法诸多，我只是个"看热闹的"的外行，只能谈一些直观的感受。作为风景画，很难像人物画那样去表现丰富的社会内容和历史内涵，风景画更能反映画家内心世界的唯美追求和情调的提升，许多风景画大师用明暗和光亮的瞬间作用去表现景物活跃的生命力和多层的美感。在色彩的运用上，刘吉弟先生在多年的写生实践中，捕捉到光对景物的影响，他从印象派那里读到了共同的绘画语言。他喜欢的莫奈的作品正在北京展出，好事多磨，刘吉弟先生辗转回到北京，才如愿以偿地目睹了莫奈的原作。

作为一名学西画的中国艺术家，他又不可能不受传统文化的影响，他对中国画线的运用有了很深的感悟，他对中国画所创造的人文已经有了浓厚的兴趣。他把中国画的线运用到油画风景画中，丰富了油画绘画的表现方法。看到刘吉弟先生近期的作品，在凝重的色彩中多了几分疏朗，直观上有了意境的微妙变化，尤其几幅江南水乡的写生画，客观景物和画家主观情感都有了更深入的交融。

作为出生于北方城市的油画家，生于斯，长于斯，风土人情，文化渊源，自然风光，其源其脉，都有独特和丰富的根基。这种根基在许多画家的实践中都显现出了个性上的优势，其风格、其气派、其内涵，都有长久的积累和沉淀，都有蓄势待发的气力。当然，任何文化氛围都有其优势，也有其局限性，艺术家的跋涉道路永远是崎岖的。

艺术家的破土而出、化蝶而飞是一个永远的话题，每一位艺术家对成功的标准会有不同的理解。刘吉弟先生是一位把绘画当成一种生存状态的画家，他苦于绘画，乐于绘画，他积累下来的上千幅作品应该是他个人艺术道路上的丰碑。

刘吉弟先生不仅是一位画家，还是一位教育家，他常年办学，培养学生，虽说不上"弟子三千，贤子七十"，但桃李芬芳，有成就者，走上绘画道路的并不少。

在这里我不想历数刘吉弟先生在油画事业上所取得的成就，我只是作为一个老朋友，说几句艺术家的平常生活，更期望刘吉弟先生画出更多更好的画来，我想那才是刘吉弟先生真正的乐趣。

唤醒故乡的记忆

　　王焕堤先生把自己的老道外建筑作品展命名为《回到时间深处的故乡》。

　　每个人都有自己的故乡情结。故乡是生命成长过程中的摇篮，走在故乡的城市中，每条街巷，每幢楼房，每个窗口，都会唤起让人梦萦魂绕的记忆和挥不去的情思。物我相眷，草木关情，梦是遥远的、朦胧的，让人不可名状。现实生活中的景物便成了艺术家寻梦的依托，读王焕堤先生的画，首先唤起的是对这座故乡城市的历史记忆。

　　哈尔滨是一座近代崛起的移民城市，来自各地的移民把他们的文化精神和生存状态带入这座城市，并消融在这块让他们赖以生存和发展的土地上。而城市建筑正是这种精神的物质体现，是一座城市发展过程中的年代标志。老道外的建筑，是哈尔滨人文历史的重要组成部分。当年来自全国各地的移民，雄心勃勃地踏入这座城市，全新的生活激发出他们求新求变的活力，促使他们把传统文化精神、现代都市的需求和外来文明的优长融为一体，去建设自己的家园。由于地域和气候条件的限制，他们不能照搬江南的灵秀，也不能复制中原的古朴，这座平地而起的城市的建筑，形成了厚重开放、中西合璧的独特风格，洋溢着20世纪初现代都市的万种风情，是城市建设者留下的里程碑。

王焕堤先生是生于斯，长于斯的哈尔滨人，他对城市建筑有着自己的感悟。他不是参观者，而是城市生活的亲历者，每条街巷、每幢楼房都在他生命过程中留下过温馨的记忆。冬日午后的阳光，从窗口望出去的积雪、狭窄的木楼梯、蜿蜒的回廊、逼仄的建筑群、规整的设计变成的杂乱无章的大杂院，王焕堤徜徉其间，倾听着远去的历史的脚步声，怀着一丝淡淡的愁绪，去寻找最能表现建筑质美的视角，把它们用色彩呈现在画纸上。这艺术的再现，表现的正是人与建筑在互动和交融中的生命活力。这种寻觅是孤独的、寂寞的，又是满有激情的、充实的，建筑是凝固的，是人赋予它们生命力，它们表现的是人的生存状态。这些建筑因为承担了太多的人的生命历程，也经历了太多的岁月沧桑，在孤寂和无言中衰老了，成了城市文化的遗存，是画家发现并再现了它们犹存的风韵，记下了一个城市的时代年轮。

老道外建筑系列作品，是王焕堤先生近年来艺术探求的硕果。他微缩了历史空间，贴近了城市人的心灵，是对城市人苦旅行程中的一种慰藉。在一篇创作谈里，王焕堤写道："也许是一块被人反复踩踏磨光的砖石，也许是一面被雨水反复冲刷留下道道水渍的墙，也许是街旁那棵老榆树疙疙瘩瘩的树皮，也许是蒙蒙细雨中老屋檐下的一抹淡淡的倒影，也许是在厚厚的积雪下，等待春天发芽的老丁香，也许是只能在记忆中才能寻回的声音——炎夏的中午，寂静中小贩一声悠长的吆喝，秋日向晚时，母亲在小院深处呼唤儿子回家的乡音。"这些积淀在画家心胸中的情结，一旦化解开来，弥漫在画家的笔端，那画上的建筑便有了神采风韵。

建筑应该处处体现对人的关怀，建筑的每一个细节都能体现出设计者的匠心，每扇门窗，每条柱廊，每样建筑装饰，都传递着城市人以往的生存信息。王焕堤先生抓住这些细节，拂去笼罩在建筑物上的历史尘埃，强化建筑与人的互动关系，去表现建筑的时代精神和社会功能，连接了一条从历史走向未来的城市通道。

读王焕堤先生的画，常常感觉到他在构图上的追求，构图出意境，会有第一眼的冲击效果，水彩画色彩疏朗、淡定，有层次感，和中国水墨有异曲同工的效果，水彩细腻的表现方式，会使画的意境深邃和悠长。城市人行走于建筑之间，视角是微观的，画家表现的往往是建筑的局部：街巷深处的楼房，庭院的一角，柱廊的弯处，门楼与窗户的装饰。这些画面是宁静的，散发出来的生活气息是流动的，充满活力。画家对建筑的描写，用色凝重细腻，层次明快，质感强烈，表现出老建筑斑驳后面沉积下来的岁月沧桑和文化底蕴。

对王焕堤先生在绘画上的追求早有所闻，也零星地看过他的一些作品，像这样集中地欣赏他的专题画展还是第一次。多年来朋友相聚，匆忙之间，他多次谈到他对故乡城市建筑文化的钟情和对故乡城市人文精神的探索，言语中流露出他的专心和执着。在这次画展上，终于看到了他的创作成果，70余幅水彩画，把读者带回城市历史记忆的深处，重温了城市曾有过的温情，这些画作无不表现出画家平日的关注和思考。这些创作前期和创作过程中的思考，注入作品中，营造了画家独有的艺术领地。有评论家在介绍王焕堤先生的创作道路时，举出美国画家魏斯一生都在故乡查兹弗德村"开垦着自己的宇宙"，进行绘画创作，法国画家米勒晚年回归故乡，用绘画去表现"似曾相识的记忆"的例子，来说明艺术家选择创作题材的特殊性和普遍意义。无独有偶，美国作家，诺贝尔文学奖获得者福克纳一生都在写他家乡"像是邮票大小的地方"，而这块"邮票大小的地方"——约克纳帕塔法县，只是他以家乡为背景虚构的地域。作家、艺术家在自己熟悉的地方汲取创作素材和艺术灵感，充分展示自己的才华，取得了骄人的成就。当然创作题材的选择因人而异，上述作家、艺术家的成功也不仅仅在于他们写了画了自己的故乡，他们不过是把自己的故乡当成观察生活、揭示人的心路历程、实践自己的创作理念的大舞台。艺术作品是局限的，因为被创作的对象是具体的，艺术作品是艺术家用心与人交流的载体，艺术的影响力是无界的。

　　王焕堤先生选择把水彩画的笔端放到老道外的建筑上，抒发对故乡城市的情感，实践自己的创作理念，从展出的系列作品看，这种选择是成功的，令人欣慰的。城市从历史中走出，历史的积淀让城市厚重，用今天的视角解读历史，用画笔去展示城市曾经拥有而逐步消失了的辉煌，不仅让画家找到了自己的创作平台，也为再现城市人文精神留下精彩的一笔。

行无止境，期待王焕堤先生有更多的收获。

柳敦贵的装帧艺术

　　我认识柳敦贵是在画院时，他攻国画，人物、山水都涉猎。他的作品在国内外都展出过，还得过奖。他还渡南海去新加坡举办过个人画展。

　　后来他攻书刊装帧，尺寸之间，神驰大千世界，展示了他的艺术才华，取得了令人瞩目的成果。山不转人转，我们又在一起共事，服务于杂志社，这也算缘分。

　　哈尔滨天气极冷，冬天零下三十多摄氏度，滴水成冰，中央电视台的天气预报，哈尔滨是低温之最。北方汉子，也得棉衣棉帽，围巾手套，备上全部行头才能出门亮相。柳敦贵冬天从不戴帽子，他体形并不彪悍，骑着自行车上下班，颇具一点精神的。每个编辑部都有自己的故事，用同仁们的话说，搞艺术的都具有个性，有个性才能有"绝活"。

　　柳敦贵的装帧艺术脱颖而出。

　　一个艺术家要成功，需要寻求自我，创造自我，开拓一个属于自己的艺术天地。柳敦贵的装帧艺术，造型独特，线点明快，意境深远。他的变形的人和物，在扭曲中求其神韵，静中有动，动中有神，神态万千，给人以美感和想象。

变形是对事物外在秩序的破坏，却能惟妙惟肖地表达事物本质的突出特质，所以，艺术的变形是在内在的本质上对事物的神似和神化，读来会产生一种欲说无言和言犹未尽的感觉。柳敦贵的装帧艺术区别于现代艺术中以主体意识为本的彻底破坏、重新组合的技法，更多地继承了中国画中传统的写意手法，保持了形变神不变，形散神不移的画面，他拥有更为广泛的读者。

柳敦贵不吸烟，喝酒极少。他爱清洁，对食物的卫生反应极为敏感，在外边吃饭，稍有不慎，就会出差错。我们俩出差，我这个人随便惯了，胃肠的免疫力又强，常拖得他叫苦不迭，后来便把寻访一家干净些的饭店当成重要事项，在街上游弋。但他为人处事很随和，有一副热心肠，好像到哪儿都能交上朋友。出外组稿，无论是作家画家，一拍即合，权延赤、冯骥才、池莉、毕淑敏，煮酒论文，书札往来，这自然对工作和个人都是受益匪浅的事。

编辑部人手少，美编又兼编务，这位美编室主任常常下到印刷厂，下到车间，《小说林》《诗林》两本刊物，麻烦事儿不少，改版，换稿，麻烦事儿多了工人会不耐烦。柳敦贵和工人关系也不错，称兄道弟，谁家有个红白事儿，他还随个份子，哪个工人有了不顺心的事儿，也找柳敦贵聊聊，久而久之编辑部的难道儿也就容易化解了。

板桥先生说绘画意在笔先，趣在法外。装帧艺术，立意非同小可，读万卷书，走万里路，修身养性，艺术积累，都是为了创作上的"悟"，渐悟也好，顿悟也好，有悟性，作品才有意境。

柳敦贵的足迹遍布长城内外，大江南北。他到少数民族地区采风，天山脚下的维吾尔族，蒙古草原上的牧民，东北边陲的鄂伦春族，云南的傣族、布依族、哈尼族，广西的壮族，海南的黎族，还有福建的惠安女，五彩缤纷的民俗民风，丰富了他的阅历。

他去曲阜朝圣，到绍兴拜谒鲁迅故居，他过三峡，上嘉峪关，登泰山、黄山、庐山、峨眉山，山水的灵秀、文化的渊源滋补了他，熏陶了他，给了他创作灵感。

创作需深层次的思考，一个人的经历毕竟是有限的，他需要扩大生活疆域，去体验揣摩百态人生。他去鸡西煤矿体验生活，一个月内多次下到井下的作业区写生拍照；他去大渔岛的捕鱼船上，和赤着脚的渔民一起出海打鱼，收获辛劳同样也收获欢乐；他下到加格达奇铁道兵部队的驻地，为那些长年风餐露宿、在极端困难的条件下修桥铺路的战士们速写肖像。工厂、农村都有他的生活基地。鄂温克人的狩猎生活，傣家山寨的奇异情调，延边朝鲜族的歌舞，大千世界惊人的差异和人物内心惊人的相似，使他感悟到绘画上简单、浅薄的点与线，是无法表现丰富的艺术内涵的，尺寸间的装帧艺术包容了所有的创作规律，其作品才有魅力。

改革开放以来，他更扩大了眼界，到作为窗口城市的广州、深圳不说，还取道香港去新加坡，异国异域的风情，给他留下了深刻的印象。

书刊的装帧，是一种独立的艺术。装帧漂亮的书刊，是一件高雅的艺术品，装帧艺术的起源，是与古籍同步的。甲骨文书、青铜器铭文、石刻文字、竹符木简，以及后来的帛书，都十分讲究装帧。我们现在拿起一件甲骨文书，其文字和版式浑然一体的韵味，足以让人赞叹不已。汉时有一部帛书《太平清领书》，一百七十卷，洁白的帛上书写着乌黑的文字，文字行间画着红色的界行，每段的小标题也是用红字标写，版式设计得十分考究。

随着技术的进步，纸书的装帧就更为多样了，旋风装、经折装、梵夹装、蝴蝶装、包背装、线装等，插图的兴起也为装帧艺术增添了绚丽的色彩。现代的印刷技术为装帧艺术开辟了更为广阔的驰骋天地。

柳敦贵热爱装帧艺术，执着地追求和探索。一个有造诣的艺术家，他洒下多少汗水，就会有多少收获。近年来，柳敦贵在省内外发表了近千幅装帧艺术作品，《小说月报》《文艺评论》《东北作家》《黑龙江日报》《美术大观》《图案》等十家刊物开辟专版，发表他的装帧艺术作品，介绍他的丰硕成果。他设计了近百幅书籍和期刊的封面，有8幅书刊封面获得了东北三省及省市优秀作品奖。其中《小说林》《诗林》封面设计获得了黑龙江省书刊装帧艺术大展二等奖。另外在这次大展中，《小说林》的版式设计获得一等奖，《诗林》版式设计获得了二等奖，《诗林》的装帧图案获得了一等奖。

近两年《小说林》《诗林》封面版式的革新及产生的影响，同柳敦贵及美编室的编辑们的努力是分不开的。

柳敦贵并不张扬，但他颇善谈吐，侃侃而谈，东西南北中，所见所闻，信息量不少。他有副热心肠，在他的生活圈子里，便有些相熟相知的朋友。

编辑们并不坐班，但对他这位美编室主任则要求"随叫随到"，有事则坚守岗位。其实他的工作用不着"叫"的，编务上的事情他都安排得按部就班，是很主动的，责任心也极强。

谈到装帧艺术，特别是他的一些变形的装帧作品，他认为他的一些作品，在理念上破坏外表的秩序行为，是借象征去表达深层的理念；有的作品以意象观念的符号造型以及内在精神结构，表达非观点的幻想。他说他的作品力求给人一种活泼中带有隐喻，快慰中带有诙谐的效果。所以我看，他的一些独特的造型蕴含着对人生的理解和阐发，对自然的感受和赞美。

对于抽象艺术我并不能全部接受，其中一些作品因为它不"美"而被我拒绝。我不知道这是欣赏主体的毛病，还是作品客体的原因，但起码我的主体意识和一些艺术家的主体意识并不统一。但我欣赏柳敦贵的作品，所以我就固执地认为他的装帧艺术是传统艺术的演进。

看张金武画戏

　　在张金武先生的画室里，可以看到他多样题材的作品，他画戏、画小说，画历史故事和民间传说。用现代人的视角在传统文化瀚海里寻找创作的素材，注入画家对现实生活的思考，在借鉴和传承的过程中，探索新的艺术天地。

　　我喜欢张金武先生的戏画。张金武先生笔下的写意人物，充分运用水墨之所长，抓住戏曲表现人物性格和个性的夸张手法，勾勒形似，渲染神态，画出了似与不似的微妙。无论是他的小品还是大画，都倾注了他对戏曲这一传统艺术形式的钟爱。后来我才知道，他画戏源于他爱戏。张金武先生是在叔叔家长大的，叔父是一位中医，悬壶济世，治病救人之余，酷爱京剧，对这一传统艺术情有独钟，经常粉墨登场，是净行的名票。家里常有票友会戏，吹拉弹唱，鼓乐笙箫，生旦净末，气氛热烈，大有城市文化"沙龙"之势。有家庭环境的熏陶，少年的张金武就喜欢上了京剧，从临摹脸谱起步，沉迷其中，爱听，爱看，爱学，身段唱腔都下过功夫。有一次我和他在一位朋友家做客，在座的多是文艺界人士，京剧演员曲瑞臣先生自拉自唱助兴，博得了阵阵喝彩声，性情所致，张金武先生也唱了一段《野猪林》中的《大雪飘》，小露了一次锋芒。这是李少春"李派"唱腔中颇见功夫的唱段，能在专业演员面前票戏，可见他爱戏之深和十足底气。

中国戏曲把万千大世界搬上小舞台，凝练夸张，服装脸谱，唱念做打，一桌二椅，刀枪把子，锣鼓场面，用有限的舞台演绎出无限的艺术天地，让舞台灵动，意象万千。戏曲程式化的表现，一招一式、一腔一调、一舞一曲，还有它所表现的价值观，是戏曲艺术家千百年来呕心沥血，千锤百炼的艺术结晶，历代都倾倒无数观众，是世界文化遗产中独树一帜的瑰宝。我也很喜欢中国的戏曲艺术，欣赏它丰富的表现形式和高度的概括力。水墨画的写意功能，与戏曲艺术虚拟夸张的表演，有异曲同工之妙，重在传神，别有意境。两者都源于传统文化中追求"神韵"的匠心。但戏曲与绘画毕竟是两种表现形式，说到两者的关系，从酷爱京剧到走上画坛的张金武先生，眉宇间立刻流露出难以掩饰的激情。

张金武先生说，画家画戏，是把戏当成绘画艺术的媒介，画戏要像戏，又不是戏，画戏像戏，要画出戏的韵味，画戏又不是戏，各有千秋。如何处理两者的关系，所谓"不像欺世，太像媚俗"，也似这种纠结。他曾为此请教过叶浅予先生，得到的答复是"戏就是戏，画就是画"，就是说中国戏曲和绘画同根同源于生活，在表现传统文化中的"意境"，提炼生活中更典型和更"真实"的形象上，相互借鉴和影响，有异曲同工之妙。但戏与画毕竟是两种艺术形式，从某种意义上讲，画戏在戏外，画家的功夫在画上。题材的选择，人物的再现，理念上的思辨，表现的都是画家对绘画艺术的追求和探索。由戏到画，不是影印和影刻，是绘画艺术的再创作。

张金武先生的戏画中，吸收了历代壁画中"说故事"的传统，虚实交错的画面，随意流动的人物，自由想象的空间，厚重的色彩，把本来已经夸张的舞台表演凝聚在画面上，张扬人物的鲜明个性。他笔下的《嫁妹》，圆脸虬须的钟馗，青脸怪相的小鬼，加上手舞足蹈的身段，把扶正祛邪的钟馗，活泼好动的小鬼人格化、生活化，虽是群鬼亮相，但表现的都是世俗生活的趣事，这是艺术家对美的诠释。画戏如戏，这是张金武先生对戏曲这一艺术形式的参悟之作。

戏曲是演故事，出将入相，连本连台，是舞台空间的演绎，画戏是画戏眼，在咫尺空间表现人物。张金武先生喜欢画霸王戏。那位力大无穷，南征北战，不可一世的历史人物，最后败在老谋深算的刘邦手中，自刎于乌江，留下让后人叹息的悲剧。张金武先生笔下的《垓下恨》和《霸王别姬》，虽是同一题材的作品，却做了不同的处理。《垓下恨》沿用了戏曲《霸王别姬》的主旨，虞姬的死渲染了楚霸王命运的壮烈。《霸王别姬》另辟蹊径，把飞天般飘逸、拔剑自刎的虞姬放在画面中心，人物动态洒脱，表情凄美凝重，两位脸谱化的盖世英雄，一个威加四海的刘邦，一个力拔山兮的项羽，图案式地倒置在左右边沿。主体人物突出，布局深阔，画家点出了大历史事件中英雄无悔、美女无辜的世俗和人性的主题，启发了人们对历史风云多层次的思考。画戏在戏外，《霸王别姬》是张金武先生探索戏与画关系的一幅潜心力作，颇受读者的关注。

艺术是演绎的，演戏也好，画戏也好，艺术家在用心锤炼的过程中，总要融入个人的思辨和现代信息。为了画好戏，张金武先生倾注了大量心血。走万里路，云游天下去寻觅戏曲的根和源。他徘徊在因沧桑而斑驳的农村古戏台前，想象着这里曾经的热闹。如今那悠扬的琴声和委婉的曲调，早已随着时代变迁漂移他处，但戏曲之魂依然在这片土地上薪火相传，生生不息，成为传统文化中一个耀眼的符号。富有浓郁色彩的地方戏曲，大都市里名家名角的演出，都会牵动着他去观赏和揣摩。这些寻访和借鉴滋补了他对传统文化的认知和绘画创作的激情。

艺术家的视野是开阔的，在敦煌，精美而伟岸的佛像，恢宏而神秘的壁画，对宗教的虔诚和对艺术的执着，让那些无名的艺术家们留下了这一中国文化史上的丰碑，一直激励着后来者，成为他们吸饮不尽的艺术甘泉。

在大地巡游中，历史留下太多的文化遗迹，让张金武先生感慨万千。对传统文化的认知和传承，是一个艺术家永远的话题。这种认知和传承，融成传统文化的精气神，滋养着后人学习和创新的动力，也影响到张金武先生各类题材的创作尝试。

艺术家的人生经历不同，每个人都有自己熟悉的题材和耕耘的园地。张金武先生的画与戏结缘，不仅开阔了他创作的空间，也深化了戏曲文化的传承途径。

欣赏张金武先生的戏画，对于一个戏曲爱好者来说，是一种别样的艺术享受。

读画与观人

应邀到杨守本油画工作室看画，是一件赏心悦目的事。这是几位油画家约定俗成的一条不成文的规矩，一段时间内画出一批画，便要请朋友们来观看，欣赏也好，交流也好，沙龙气氛很浓。我虽然不是画家，作为老朋友，也赶来凑趣。看画之余，生出许多感慨。

我和杨守本先生是青年时代的朋友。

20世纪60年代初，他就读于哈尔滨艺术学院附属艺术专科学校（简称"附中"），作为艺术学院的预科生学习绘画。可是好景不长，受三年困难时期影响，艺术学院被整顿下马，附中解体，杨守本先生辍学参加工作，我们成了同事。那时正值青春年华，踌躇满志，每天上下班他都背着画夹，采风、写生，仍然与色彩和线条打交道，梦想着有一天能够成为画家。我那时也不甘寂寞，业余时间读书、写作，神驰在文学的艺术殿堂里，梦想着写出传世之作。在一群青年当中，大家惺惺相惜，自然成为有共同语言的好朋友，常在一起谈论托尔斯泰、契诃夫、高尔基，欣赏列宾、苏里科夫、希什金的绘画，有限的书籍和画册被传来传去，大家读起来如饥似渴，说起来如数家珍。那时年轻气盛，初生牛犊，不乏天真烂漫，大有"激扬文字，粪土当年万户侯"的激情。60年代初杨守本先生的画就发表在报刊上，作为朋友，我们由衷地为他感到高兴，以为他的成功几乎指日可待。

这已经是四十年前的事情了。

然而，不久就爆发了"文革"。在否定一切、打倒一切的口号下，我们的美术梦、文学梦都成了泡影。热切的追求转入地下，埋入心底，绘画和写作都成了陋室里的自白，见不得天日，更经不得风雨。但大家心里头都憋着一股劲，私下里收集被视为"洪水猛兽"的"四旧"书刊，互相传阅，在风声、雨声中夹杂着读书声和对古今中外文化的议论声，积累着对文明的认知。

后来杨守本先生被调去当美工，搞展览，画街头宣传画，美术创作成了可望而不可即的事情。到了70年代，许多人生梦想才在我们中间变得清晰和现实。他虽然没有机会搞专业美术创作，但他对美术的追求痴心不改，始终如一，他把这份追求融入生活当中，使之成为生存的一部分。他在工作之余，不仅绘画，还教了一批学生，并为报刊画插图，积累了大量的作品，他的油画册和连环画插图选都是创作历程中留下的坚实足迹。

杨守本先生长于油画风景画，挺立的白桦、幽静的林间溪水、旧式的洋房、绿树掩映的院落、典雅的城市建筑，那些入画的景物，都在我们的身边似曾出现过。杨守本先生早期学画受俄罗斯现实主义风景画派的影响，喜欢用丰富的色彩描绘大自然风光，用色彩的冲击力表现景物的生命活力。看杨守本先生近期的作品，他正尝试着有意识地把国画中的泼墨技法融入油画的创作中，用朦胧来彰显景物在自然中的动态美，通过凝重的色彩渲染出画面的张力，冲击人们的视觉，产生别样的效果。我不是画家，所谓外行看热闹，但有一点可以肯定，就是杨守本先生在艺术道路上的跋涉中，总是在不断地求新，为自己的作品创造出新的意境。艺术无止境，有付出就会有收获。作为朋友，我对杨守本先生有着更多的期待。

杨守本先生是个重感情的人，从青年时代开始他的周围就聚集着一些朋友，他总能用各种理由把朋友们聚在一起，春天郊游，秋天赏月，或纵情山水，或聚在一起小酌。当年他有一部不知是什么牌子的旧照相机，他总是用它给大家拍照，再拿回家去冲洗放大。那时候照相机还不像现在这么普及，有几张拍得不错又放大了的黑白照片也算是种时尚和奢华了。

杨守本先生不仅是个可以信赖的朋友，在家里他还是个好丈夫、好儿子、好姑爷，他总能用不多的开销把家里装饰得颇有品位。他那年迈的岳母一直和他生活在一起，老太太精神矍铄，记忆力很好，时隔多年他还能记得我这个不大登门的人。老太太说起姑爷，那份感情是由衷的。杨守本先生的母亲去世早，是由继母带大的，他和继母的关系也十分融洽，当年他常以过节或给继母过生日的名义，把我们这些朋友请到家里聚会。年轻人无行，老太太却能宽容大度，朋友们在他家里总能感到宾至如归的感觉，足见母子关系的和睦。杨守本先生结婚后，也常把继母接到家里来住，朋友们在他家里经常能看到他和继母、岳母一起共享天伦之乐的场景。

如果说人生是一个过程，那么赋予这一过程意义的便是对生活的热爱。杨守本先生热爱他的亲人，热爱他的朋友，热爱他执着的事业，所以他的生命之树才能常青。

身外有个世界

　　和书法家韩荣吉谈他的收藏，韩荣吉滔滔不绝，历数家珍，亢奋之情溢于言表。在他的家里到处都是他的珍藏，金石拓片、书法画卷、文史古籍，一卷卷，一册册，一函函，因屋内空间小，大部分书卷只能如山堆积，洋洋洒洒，令人叹为观止。韩荣吉虽习书法，但他收藏最多也最钟爱的，是金石碑帖。

　　在书籍碑帖汇集的天地里，韩荣吉一卷卷地向我展示着他的收藏。他搬出《龙门二十品》，这部碑拓更多地保留了原刻的风韵，让我想起多年前在龙门石窟见到的原刻，风化严重，字迹斑驳，在光线黯淡的石窟里，游人流连其间。接着他又拿出了清代金石家莫友芝亲拓的《始兴忠武王萧憺碑》（又称《始兴王碑》），也是魏碑中的精品。揣摩间，他又搬出自己比较得意的收藏《好太王碑》，这是刻于东晋义熙十年（高句丽长寿王二年）的碑拓，有极高的历史文献和书法艺术价值。经考证，此拓本是目前国内外所藏拓本中最早也是最完整的精拓本，字体方整平直，雄浑古朴，看上去坚实、古拙。清人荣禧曾评其"楷法甫有二三，篆隶仍存六七"，正是中国书法由隶转楷过程中的一个印记，有很高的鉴赏和研究价值，备受书法家的关注。这部早期的精拓本，也成了韩荣吉收藏的"镇库之宝"。墨香未尽，他又拿出被称为江南第一古碑的《三老忌日碑》，以及《嘉量铭》《袁安碑》等拓本。《袁安碑》笔锋如新，浑厚古拙，是汉代隶书中难得的精品。其中令人瞩目的巨拓本《石经山刻经》，四函二十四册，是北京房山县雷音洞大型石刻经文的全拓本，刻石精美，拓印传神，可谓巨制。原石经碑文共一百四十六块，是隋末僧人静琬主持的大型石刻工程，刻经十余部，是房山石经山刻石中的代表作品。

韩荣吉对金石文字的酷爱与研究，也融入他的书法创作中，落笔传神，古韵盎然，笔画之间传达着文字的传统文化气息。

中国传统文化向来有文史不分、书画一体的渊源。在韩荣吉的收藏中，除了金石拓本、书法字画外，还有大量的文史典籍。初刻初印的木版古籍，在书山里随意能翻到的有《此宜阁增订金批西厢》、清雅雨堂精写刻本初印本《韩昌黎诗集编年笺注》、《二十一史弹词》、清乾隆原刻本《唐诗别裁集》、《明诗别裁集》，还有民初影印宋刻本《百川学海》、"文革"中出土并影印的《明成化说唱词话丛刊》，等等。这些既有文学价值又有版本价值的古籍，记录了他在收藏道路上的执着和付出的心血。

韩荣吉之爱书，来源于他对传统文化的追寻。他的中学时代正是中国文化处于沙漠的尘封时期，文化古籍成了"四旧"，他没有书读。渴望读书的他，在朋友的帮助下，发现了一片绿洲。

在那个"供批判研究"的资料室里,他大开眼界,阅读了大量的文学和艺术的典籍,其中就包括《历代帝王像谱》《历代帝王印谱》《三希堂法帖》等书画瑰宝。一部《史记》让他读得如醉如痴,爱不释手,买不到书,他便抄书,130卷几百万字的《史记》,他一字一句从头抄到尾,装订成册。这对一个自学的青年来说,无疑是一个浩大的工程。韩荣吉对书籍的酷爱,养成了他坚韧和执着的性格。

韩荣吉后来下乡插队,当时的口号是"早三晚八,中午不回家",这种超负荷的劳动,对一个刚刚离开家的青年学生来说,无疑是艰辛的,但他还是坚持下来了,在艰苦的条件下抽出时间读书。

韩荣吉返城后,正值百废待兴,各种书籍陆续出版,他开始买书,微薄的工资几乎全部用来买书了。后来韩荣吉开始办学,教习书法,购买能力大有提高,古旧书店成了他经常光顾的地方。每有发现,韩荣吉便不惜重金购买,有时手头钱不够,东凑西借,也要千方百计地买到手。有时看好一部书,眼见着被人家买走,经常会一连几天寝食不安。北京是文化中心,也是古籍荟萃的地方,每有大规模的书展,他都会风尘仆仆地赶去买书,许多难得的书和帖,都是在这种情况下购得的。当年为了还买书借的债,有时一天要讲12个小时的课,骑自行车来往于几个地方。

韩荣吉的藏书很丰富,生活却过得很淡泊。当年买的书,现在都已经大幅度地增值了,算起来他也算是一个富翁了。但他从没有想过要卖书,有人慕名找上门来重金买书,也被他婉言谢绝了。他仍把读书当成乐趣，他坚持潜心读书，临摹碑帖，钻研书法，仍不断地买书、淘书、读书、谈书，把身外构筑的世界融入自己的生活，把自己的所得升华成艺术的结晶。

书斋偶记

刘向父子与《山海经》

《山海经·海内西经》有一段很精彩的记述："贰负之臣曰危，危与贰负杀窫窳。帝乃梏之疏属之山，桎其右足，反缚两手与发，系之山上木。在开题西北。"

这段有声有色的故事，在刘歆的《上〈山海经〉表》里有过引证。汉宣帝时，曾开掘疏属山，在石室中发现一人，反缚其手，械锁一足。宣帝问群臣，没有人能回答这是怎么一回事。倒是刘歆的父亲刘向，指出这是黄帝时期的贰负之臣，受桎于此。

如果这是真的话，怕是比较早的考古挖掘。刘向、刘歆父子都是收藏和编校古籍的博学家。汉成帝时，曾经进行过全国性的民间藏书的收集整理，刘向受命主持这一浩大工程，继二十多年。后来其子刘歆完成，并着手编撰了第一部图书目录学巨制《七略》。

历来秀才们好意气用事。西汉时今文经家们常用天地自然变化作喻意，来谏劝皇命，用天道说人道，如眭弘、谷永、盖宽饶等人，虽然意在宣扬孔孟学说，维护集权制度，但他们所提倡的求贤禅让的思想侵犯了皇帝的利益，屡遭非难，甚至招惹过杀身之祸。作为今文经学家的刘向，对汉宣帝上奏贰负之臣的事，显然有附会的用意，此说可信。但作为古文经学家的代表人物刘歆，引此典故，叫人不解，后人为此曾非难过他，甚至怀疑《上〈山海经〉表》为伪作。其实刘歆在引文中，并没有带上多少迷信色彩，是向皇帝证实《山海经》的价值而已。

这个故事到了《独异志》，其浪漫色彩更浓了。讲汉宣帝时，在疏属山开石得二人，被缚，送至长安时，这两具尸体变成了石人，宣帝惊问群臣，无一人能答。也是刘向指出，这是黄帝时贰负之臣，犯罪大逆，黄帝不忍杀之，流放于疏属山，若遇明君，当得外出。这种说法显然符合今文经学家们的口味，不过很有些讨好。但对刘向的解释，宣帝并未买账，以妖言之罪将其下了大牢。刘向的儿子刘歆为之奔走，刘向转告宣帝，如用七岁女孩乳之，石人可以复活。宣帝半信半疑，如法炮制，石人果然开口讲话，所述出身，与刘向所说相同，宣帝大喜，问刘向何以知之，刘向指出，出自《山海经》。

这显然是一部新的"山海经神话"。

刘向是下过死牢的，自董仲舒起，汉时经学家与道家打得火热，以神秘的五行阴阳学附会儒学教义，有时甚至难以区分儒生和方士的差别。刘向也没能脱俗，《汉书·刘向传》就有明确记载，刘向曾得《枕中鸿宝苑秘书》，自认为掌握了道家的炼金术，便进献皇帝，结果炼金不成，犯了欺君之罪，宣帝盛怒之下将刘向下狱，后因多方活动，上怜其"奇才"，才免一死。恐怕

142

真正原因还是政治上的吧。

《山海经》的成书，众说纷纭，按刘歆的说法，出自禹和伯益之手，也有说是出自东方早期方士，更有人认为来源于域外的随巢子和古巴比伦人。其实应是民间传说的集大成者，早在夏商时就有雏形，先秦注入文字，刘向父子在整理古籍中，备众本，校异同，删重复，订讹脱，编目次，撰叙录过程中，难免加入他们的见地。

《山海经》的分类，尽管古代史、地理、物产、宗教、科技都能找到依据，但它却是地地道道的神话，《四库全书》把它收入小说家类是有道理的。

神话是人类启蒙时期的产物，《山海经》作为一部神话集，显然因袭了古人对大自然和人类关系的认识。任何形式的艺术创作，都是和社会生活分不开的，神话的产生，既受当时社会生活和现象的影响，同时也受到对生活和社会现象认识的限制。

《山海经》中大量记载了奇人异兽，如以乳代目、以脐代口的人，两面人、独臂人、三头人，贯胸国、交胫国、一目国，以及人面蛇身、双头兽、九头蛇等等，和世界各民族的早期神话一样，反映了人类与大自然及人类与动物相依共存的密切关系。

人类的起源和进化，大致经历了群婚、母系社会、父系社会这样的过程。这个过程，不仅要受到生产力和生产关系的影响，也受到人类繁衍发展的影响。愚昧的血缘婚和杂婚对人类自身的伤害古人是早就领悟到了的，制止血缘关系上的乱婚，是人类成熟的标志之一。但人类的发展是不平衡的。氏族公社早已解体、由奴隶制向封建制过渡的周，尚有"男女同姓、其生不蕃"的规定，应是有所指的。而在世界一些地方，至今仍残存着某些原始婚姻的遗风。

古代社会生产力低下，交通与信息闭塞，人们很难了解周围社会以外的世界。加上不同的自然环境、饮食、饮水、居住条件的差异，人种的区别，区域性的乱婚和生育上的缺陷造成的诸多怪现象，这些现象在传说过程中被夸大、被渲染，甚至被利用，是不足为怪的。秦的科学技术相对进步，仍受海市蜃楼的诱惑，派人去东海寻找仙岛。兴盛的唐朝，还是把日本看作日出之土。即使科学技术高度发达的今天，对于一些连体、多头或多肢的生育现象，仍然百思不得其解。只是这已经远离产生神话的时代了。

刘向、刘歆父子整理核阅《山海经》等古籍，是注入了大量心血的，古为今用也好，神为人用也好，特别是刘歆，王莽篡得汉室天下，建立新朝，推崇古文经学，拜刘歆为国师，为古文经学的传播做了大量工作，刘歆因此没能善终，也遭到后人的许多非议。康有为在《新学伪经考》里指责"王莽以伪行篡汉国，刘歆以伪经篡孔学"。这位改良派的老夫子，自然知道刘歆提倡古文经学的目的，他自己同样把经学的考证与变法的需要相关联起来。

刘向、刘歆父子在保存传播古籍方面的建树是辉煌的。由刘向起始、刘歆完成的《七略》后遗失，但对后世的影响是深远的，像《山海经》等这样古籍的留传，是应给刘氏父子大书特书一番的。

谈《金瓶梅》的俗

　　宋代话本开始，顺应兴起的市民阶层的需要，小说从文言向白话发展，推动并产生了后来明清小说的繁荣，把文学从文人圈子外延到更广泛的社会。这是一个了不起的变革，是文化市场调节的产物。文学史家们把话本以后的小说，统称为通俗小说。

　　在一批辉煌的明清小说中，《金瓶梅》是一部"俗"到"不可耐"的作品。《金瓶梅》不像《水浒传》称颂杀富济贫、揭竿起事的英雄好汉；不像《三国演义》纵论天下兴亡，书写将相争雄；不像《西游记》借鬼神之道，写浪漫故事。《金瓶梅》是地地道道的市井小说，以西门庆家庭生活为背景，来描写社会生活，家长里短，妻妾争宠，贿官卖爵，放贷盘利，算计人的被人算计，被算计的又去算计人，趋附权势和权势的趋附，炎凉世界和世界的炎凉，既有资本向封建权势的冲击，也有资本和封建权势的结合，脂粉气，血腥气，谄媚，暴虐，得闲帮闲，声色犬马，把宋代（包括明代）中下层社会众生相描写得活脱脱。西门庆不过个破落财主，但"作事机深诡谲"，无论是包揽诉讼，还是谋取外财，或是骗取嫁资，他的掠夺是赤裸裸的。他看上了潘金莲，就毒死武大；他看上了李瓶儿，就把盟兄弟花子虚活活气死。李瓶儿嫁了蒋竹山，他就收买两个无赖把蒋竹山赶出家门。他看上了宋惠莲，就导演一场"白虎堂"的冤案，把宋惠莲的丈夫来旺儿送上公堂。后来他用钱买通蔡京，巴结高俅的管家，做了提刑所的理刑副千户，就更有恃无恐。

西门庆如此，帮闲的应伯爵，得宠的潘金莲，也是如此，只是身份地位不同。《金瓶梅》着墨较多的人物中，很难找出"正面"形象，这种创作方法被张竹坡称为"冷到彻底"。

用暴露来代替批判，是《金瓶梅》"俗"到极致之处。

《金瓶梅》语言很"白"，也是很"俗"的。妇人斗嘴，打情骂俏，主仆尊卑，官场应酬，口语化、性格化、个性化，透着城市俚语、俗话、日常的白话，声、色、韵俱全，显示出作家不凡的功力。烘云托月，生活味道点染得浓烈，勾勒出一幅幅色彩斑斓的市井风俗画。

《金瓶梅》没有波澜起伏的故事，全靠"精彩的细节"描写取胜，像是一幅没有开头，没有结尾的繁浩长卷。《金瓶梅》也写了因果报应、阴魂不散的内容，但主要还是写实的，写人物命运的必然发展和结局。

从《金瓶梅》的结构特点，有人提出《金瓶梅》的创作是在散见的话本传说的影响下完成的。有据可考的《水浒传》里的渊源已不必说，有些情节、细节、诗词脱胎甚至照搬了一些话本小说，如《刎颈鸳鸯会》《志诚张志管》《西山一窟鬼》《五戒禅师私红莲记》等。

这种相互影响和渗透的现象，在古典创作中并不鲜见。《金瓶梅》的小说"俗"还在于它的自然结构和写诗的手法。

有人说《红楼梦》的创作深受《金瓶梅》的影响，没有《金瓶梅》则没有《红楼梦》，这是一种有道理也没道理的说法。两部巨制有许多相似的地方，都是以家庭生活为背景，同是对社会的批判。《红楼梦》写了封建社会上层家庭的兴衰史，在结构经营上更用心些，把爱情写成千古绝唱；而《金瓶梅》写了一群市井小人，用肉欲和物欲的冲突，来"露丑"而"泄愤"。《红楼梦》在文学史上的巅峰地位，除了作家思想上、艺术上的深刻和才华外，明清长篇小说这一形式，到了曹雪芹时代已经趋向成熟。这无疑为作家创作提供了物质准备。

《金瓶梅》独特的视角和批判功能是不能替代的。

谈《金瓶梅》的俗，这种比喻难免蹩脚，只是想说明《金瓶梅》的创作特色。题材和形式不能决定作品的俗与雅，俗极则雅，大俗大雅。《金瓶梅》的"白"和"俗"，是作家功力和作品风格的体现，把平常的东西写出声色来，把平常的东西写出韵味来，不是件容易事。今天小说创作手法多样，流派、主义纷呈，回头细读《金瓶梅》，作家的造诣追求则是显而易见了。《金瓶梅》里许多人物都是灰色的，但它所展示的社会生活画卷是光彩夺目的，它在艺术上的震撼力量是有共识的。

无须讳忌，《金瓶梅》中的性描写，一直是件麻烦事，大大影响了它的传播，以至那位隐瞒身份的兰陵笑笑生至今是个谜。

这则是个值得探讨的现象。今天，性已经不是禁忌的话题，但俗与雅，生活与艺术的关系，文学的导向，仍需编辑们选择。生活是个大海洋，艺术也是个大海洋，达到彼岸不是最终目的，航行倒是长期的课题。

古籍与简化字

　　今天人们阅读古籍，最大的障碍就是繁体字与简体字的对读了，这也是古籍版本书在年轻人中难以流行的一个重要原因。汉文字源于象形字，阅读起来所传达的信息形神兼备，但在书写上因笔画繁缛而显得麻烦，也在不同程度上影响了文字的使用。因此，汉字在长期的使用过程中，经历了多次由繁到简的改革，在保持汉字神韵的前提下，简化了不少笔画，方便了书写，大大推动了汉字的应用和普及。

　　汉字由象形字到大篆小篆、楷书直至行草，就是一个文字的简化过程，特别是行书的书写，简化最多，应用也最广泛，大有约定俗成之势。但在正式的行文中，特别是承载文化传承的古籍中，须严格使用规范字体，经、史、子、集，一丝不苟，"书同文"保证了汉文字传承有序，也保持了汉文字的权威。

　　我们国家于1955年开始推行文字改革，推广了一大批简化汉字，并形成了正式使用的文字。这一文字改革，对文化的普及起到了历史性作用，世界各地华人也都适应了这一改革，虽然我国台湾、香港、澳门等地仍然沿用繁体字，但在民众中间，习用简体字已经成为一种时尚。

汉字的简化在民间早已有之，不仅在书写方面有约定俗成的现象，在书籍印刷方面，也有大量的简化字出现。唐宋以来，文化活动不再局限于宫廷和文人之间，宋以后的书印刷也不再限于经、史、子、集范畴，特别是元明时期，杂剧和说唱形式的繁荣，扩大了书籍出版的范围，小说、杂剧、说唱文学争相刻印，书籍发行于市，这类书籍在文字的使用上不再拘泥于固有的形式，而是把民间使用的简化字堂而皇之地刻到书版上，印成书籍广为流传。1967年在上海附近的嘉定县出土了一批明成化年间的刻本，有《新编全相说唱足本花关索出身传》等十六种说唱词话和一种《新编刘知远还乡白兔记》杂剧。从牌记上看，都有"成化某岁某季永顺堂刊行"字样，这些书的文字分三栏，多有插图，镌刻精良，距今已有500余年的历史。因是坊肆刻本，刻的又是民间演唱本，属于难登大雅之堂的俗物，文字的使用也很随意，其中有大量的简化字，随便可以拣出几个我们今天使用的简化字，如"门""双""过""马""军""声""宝""烟""厅""礼""万""齐""边""云"等等，数不胜数。有的字旁简化，带动相关的文字也做了简化处理，以"门"字为例，"闲"和"闷"也随着简化了。有时一句话里，会出现多个简化字，为了读者阅读方便，这里将引文中的简化字用括号括起来，可见一斑。如《花关索传》，写关索出征时"关索红旗忙磨（动），三（军）人（马）（尽）知（闻），一下锣（声）

（齐）下手，打入姚苓大寨（门）"，短短28个字，就有8个简化字。我这里引用的简化字是我们今天通行的简化字体，其中今天不使用的简化字也不在少数。另外，这里举出部分例子，以一斑窥全豹，书里大量使用的简化字也没有必要在这里一一列出。

无独有偶，广东揭阳1958年出土了明代嘉靖年间的潮州剧手抄本《蔡伯喈》，即流行的《瑟瑟记》，还有潮安1975年出土了宣德年间潮州剧手抄本《刘必希金钗记》，这两种南戏手抄本，又是民间唱本和供艺人拿来直接演出的脚本，文字中的简化字同样不少。广东人民出版社于1985年把这两部潮州剧手抄本连同现存海外的三部潮州剧刊印本《荔镜记》《荔枝记》《金花女》等汇集出版了《明本潮州戏文五种》一书，其中还有附刻的《颜臣》和《苏六娘》，合起来一共七个剧本。这七个剧本的重印，不仅对研究中国古代戏曲史和潮州地方剧的源流有很高的历史价值和学术价值，对研究汉文字的变革同样珍贵。值得一提的是，潮州剧本《荔镜记》和《金花女》是梅兰芳先生和欧阳予倩先生从海外带回来的摄影本，这两位先生带回来的摄影本在"文革"中丢失了，"文革"后根据这一线索，又重新从英国牛津大学和日本东京大学东洋文化研究所摄制带回。

我举以上这些例子，无非是说明文字的简化过程由来已久，特别是在民间文化活动中，这种非规范化的简化字的使用已经比较普遍，反映了现实生活中对文字简化的需求。当然，文字改革是一件严肃的事情，牵一发而动全身，历来都持谨慎态度，对文字的使用也有严格的要求。上述所举古籍的例子，因为内容"稗俗"、文字"粗陋"而难登大雅之堂，特别成化年间的唱本，"错别字"连篇，更被视为不屑一读的俗物，向来不被藏书家们所器重，只有陪着珍爱它的主人长眠于地下，幸亏沉睡了500年后得以重见天日，给人们提供了汉字简化字在民间流行的第一手资料，显得格外珍贵。

说藏书

书除了阅读外，还有收藏的意义。把喜欢的书买回来，放进书架，读时容易，用时方便。坐拥书城，"颐指气使"，大概满足了读书人的一种占有欲吧！当然藏书不仅仅是物质上的占有，更重要的是精神上的愉悦。一本好书其知识含量无法计算，一本书一个天地，千万册书堆积起来，洋洋洒洒、博大恢宏，徜徉其间，一叶一菩提，一花一世界，满室是思想家的雄辩、政治家的韬略、文学家的情感、科学家的睿智，还有那些讲不完的政事、认知不尽的真理、卖矛又卖盾的逻辑，让人洞察世事、练达人情，拓宽有限的人生，外延了生命的极限。但个人对书的收藏是极其有限的，不过是沧海一粟。个人的阅读往往又很偏执，沉浮于知识的海洋，靠着有限的吸食能量，固守着那一份定型的思维方式和价值观念去解读世界、认识生活，不过这一滴水因为融入浩瀚的海洋，才不会干涸。

家里虽然存了几本书，但我对藏书的"藏"字历来不解。藏有藏匿、秘不示人的意思，而读书人藏书并非秘密，初时买书不多，但有一得，总是愿意展示给朋友们看，希望奇书共欣赏，同享快乐，甚至愿意供给朋友们看，疑义相与析。后来买的书多了，虽然不再炫耀，但书摆在书架上，赏心悦目，有朋友来，还是按捺不住介绍一番，这本书如何如何，那本书怎样怎样，如数家珍，得意之情溢于言表。对于有价值的好书，我总是极力撺掇着朋友去买，如遇书市缺货，索性从书架上抽出来借给人家先睹为快，喜欢读书、藏书的朋友们都有爱书和及时还书的信誉，这种借是可靠的。

我有几个读书、买书、藏书的朋友，对书的态度大致如此，爱书、痴书、买书、藏书，成为生活中的一部分，逛书店、逛书市、逛地摊，偶有发现，奔走相告，互通信息。到外地出差、旅游，先去的也是当地的书店、书市，行囊里背回来的也是沉甸甸的书籍。如遇上奇缺的书，或尚未广泛发行的书，不仅收入囊中，还要带回来几本送人。每个人读书的趣味不同，藏书的侧重点也有所不同，朋友间多是各买各的，等到"用时方恨少"的时候互通有无，你借我的，我借你的，借借还还，有时也糊涂起来，一些书看起来似曾相识，也搞不清是你的还是我的，好在肥水不流外人田，书借知音，也就不以为意了。

多年来读书、买书、藏书，对"藏"字始终没有解出所以然来。后来到山东曲阜朝圣，见孔老夫子的府第，有一块刻有"藏书处"的石碑，这儿原是孔府的旧宅，原房屋现已不复旧貌。可以想见，孔府原来的宅院，绝没有现在的规模。现在的孔府，经历代修缮和扩建，已经成为儒家文化的人文圣地。相传秦始皇

"焚书坑儒"时，孔子的八世孙孔鲋为了躲避那场浩劫，把家中所藏的诸子百家的典籍藏进房屋的夹壁墙里，使得春秋战国时期的辉煌典籍得以保存和流传。这种说法未免有些牵强，相信那个年代冒死藏匿文化典籍的人不会仅此一家。但孔鲋是孔子的后裔，他把文化典籍藏匿在夹壁墙里，也是顺理成章的事，其影响也就不同凡响。面对这一"藏书处"的石碑，让我恍然悟出藏书中"藏"字的意义，当年确有藏匿的意思，而且充满凶险。

孔鲋当年藏书是迫于形势，后来的藏书家们把藏书当成对文化的积累。街巷书肆，广积博采，遇有珍本，不惜重金求购，知道谁家有好书，登门造访，能买就买，能抄就抄。大的藏书家往往几代人苦心经营，积书数万甚至数十万，修有专用的藏书楼，其中不乏古稀善本、珍本、孤本。有的藏书家不仅藏书、核书，还精选精刻手中的好书，使其广为流传，其痴迷程度，令世人叹服。这些藏书数量之多、价值之大，无法估算，无论从市场经济的角度，还是从文化遗产的视角来看，都是巨大的财富。更重要的是，他们对中国传统文化的流传起到了推波助澜的作用。

说到自己架上的书，实在不能和藏书家们相比。平时喜欢买书，一种是有用的，和自己从事的工作有关；再一种是兴趣所至，所谓"闲书"，读来自娱自乐。至于善本、珍本、孤本什么的，没有条件也没有能力去猎取，有时为了开阔视野，过过古书版本的瘾，买些影印原版古籍，甚至买几套喜欢的影印纸装古籍，闲时翻翻，大有时空变幻、神游天外的惬意感。

读书是一种乐趣，藏书也是一种乐趣，有时为寻觅一本书，心急火燎地跑遍大小书店，也无所获。有时闲逛书店，无意中会发现所求之书竟在眼前，真是踏破铁鞋无觅处，得来全不费工夫，那一份惊喜，想来许多读书人都有过此种经历吧。

再说藏书

　　兴冲冲写完《说藏书》，想起余秋雨先生的《藏书忧》，翻出来又看了一遍，不免生出一份关于文化传承的悲凉心境。

　　历史上的藏书家们像勤勉的蚂蚁，一卷卷、一册册地往家里搬运心仪的书籍，筑屋建架，束之高阁。他们像怀春的少女积累自己的嫁妆，像劳顿的农夫构筑自己的粮仓，更像虔诚的圣徒，一砖一石地建筑文化的金字塔。藏书家们多以古本、善本、孤本为贵，宋本成为藏书家们所追寻的目标。中国木版印刷技术起源于唐代，但大规模的刻书、印书则始于宋代。宋刻本不仅"古"，而且宋本刻书更接近原著，特别是经、史、子、集等典籍，少有篡改和遗漏。宋本多刻写精良，艺术品位上乘，多为藏书家们所看重，其价格也十分昂贵。早在清乾隆年间，著名藏书家黄丕烈购得宋本《三谢集》，欣喜之余，不免感叹，卖者"索白金十六两，中人往返三四，而始以每叶白金二钱易得，宋刻之贵至以叶数论价，亦贵之甚矣"。接着又自慰道，"顾念余生平无他嗜好，于书独嗜好成癖，遇宋刻苟力可勉致，无不致之以为快"。这段跋文道出了历代藏书家们的心路历程，呕心沥血，铢积寸累，构筑起文化的亭台楼阁。

文化典籍浩如烟海，藏书家们倾其所能，也只能得其中涓水细流。他们根据自己的志趣，藏书多有侧重，有的收藏经史典籍，有的收藏金石碑帖，有的收藏诗文集著，有的收藏地方史志，有的突破传统禁忌，收藏小说、戏曲等著作，共同汇成浩瀚的文化大百科。他们并不是单纯地藏书、抄书，而且还校书、刻书，历代朝廷编纂的大型丛书，如《永乐大典》《四库全书》等巨制，相当一部分得益于私家藏书的奉献，使许多很容易被历史长河淹没的书籍得以保存和流传。

藏书家的悲剧莫大于藏书的散失，这对他们来说无疑是精神和物质的双重打击。藏书家们往往把所藏之书当作无价之宝，力求世代相传，源远流长，不到万不得已是不肯出售的。许多藏书家为了书籍的流传，著有藏书目录，详尽地注释了藏书的印制年代、内容、版式、刻工，并设有家规、族规，希望"子孙益之守弗失"。藏书家藏书的流失，或因个人命运多舛，或因后人移趣，这种散失不是书籍的消失，不过是转移到他人手上，碰上新的书痴，周而复始，还会源远流长地保存下去。最悲惨的是天灾人祸，尽毕生精力，或几代人积累相守，结果不是被抢被盗，就是在战乱中化为灰烬。一些世代相传的藏书楼，就是落得这样的下场，不仅藏书家悲凉凄苦，世人也会长叹天公不平。

这种让人感到切肤之痛的例子不必一一列数，仅举近代两个藏书楼的厄运，就会让人惊心动魄。一个是上海商务印馆的"涵芬楼"，一个是山东私家藏书楼"海源阁"。近代著名出版家张元济先生任商务印书馆编译所所长时，出于编译传统文化典籍的需要，大量收购江南江北许多私人名家名楼的藏书，其中有许多古籍善本、珍本。另外他出游海外时，购回了流失外域的宋椠珍本秘籍，以及经、史、子、集，洋洋大观，存入涵芬楼收藏。同时，涵芬楼还收藏了大量中外书籍杂志，传播现代思想和科学技术。为了便于利用这些藏书，后来涵芬楼更名为东方图书馆，对外开放，开近代藏书用以社会公益之先河。就是这样一座集人类文明精华的宝库，于1932年淞沪保卫战中，被日军扔下的炸弹击中，大部分典籍在大火中化成灰烬，幸存的一小部分，又被日本浪人冲进来放火焚烧。这种刻意毁灭人类文明的野蛮行径，给中国人民留下永远的伤痛，也给至今不肯认罪的某些日本政要烙上了耻辱的印记。再一个例子就是山东聊城的"海源阁"，海源阁的第一代主人杨以增，字益之，清道光年间进士，平生好藏书，所藏之书多来自江南名家，数量达数十万册，设有"宋存书室""四经四史之斋"，可见藏书之精。"海源阁"经杨家数代经营，打破了中国藏书以江浙为中心的格局，形成了一个北方藏书巨库。近代"海源阁"三次被劫，第一次是捻军进军山东，将杨家存于肥城陶南山馆藏书毁之一半，其中多是宋元旧椠。第二次是八国联军进北京，将杨家移藏北京的古籍毁之殆尽。"海源阁"最大的一次劫难是1929年军阀混战时期，两次被劫，被抢掠的珍本古籍有80余箱，余下的藏本被随意弃置，杨家大院到处是散落的古本典籍，士兵们用来垫马槽或生火取暖，一片狼藉，损失不可计数。

　　书籍是对人类文明的积累和传承，在文明与野蛮的争斗中，藏书家们面临的是尴尬和无奈，这是藏书家们的悲哀。但藏书家们并没有望而生畏，个个痴迷不醒，义无反顾，大有前赴后继之势。人类的文化典籍就是靠着这些藏书家的努力，才得以传承和发扬光大。

也说读经

　　我们在各种传媒中知道了一种新的现象，就是提倡"读经"。有设读经私塾的，有编辑读经书籍的，一些正规的教材也有意识地加重了传统文化典籍的分量，许多家长也开始把孩子送到"国学"教授班补课。人们的目光重新回归到传统文化的教育上。在人心浮躁、价值观念浮动甚至混乱的情况下，重温传统文化精华中的生存理念和生活方式，无疑会引发人们对现实生活的思考。

　　这让我们想起"五四"新文化运动时，一些先哲提出的"打倒孔家店"的口号。僵化了的封建社会制度，闭关锁国的老大思想，导致了落后挨打的局面，唤起了先哲改变中国面貌的激情，他们提出了有针对性的口号，这些口号曾经起到了推动社会革命的号角作用。在那个特殊的历史时期，"尊孔"和"反孔"成了革命与否的试金石。但历史是一条长河，源远流长的传统文化造就了中国人的人文精神，铸就了一座座灿烂的文化丰碑，凝聚成中华民族的向心力量。古往今来，对待传统文化的态度从来都不是一成不变的，从"百家争鸣""独尊儒术"到"程朱理学"，对传统文化的经典阐述和演绎也和社会发展并进，其影响之深远，贯穿于政治、经济、伦理道德等社会各个领域，成为封建社会生活的指南。

任何一种思想发展到极致，都会极端和僵化，特别是一种思想被人为地作为工具时，其鲜活的生命特征就会消失。封建社会的考试用带有"经""子"的章句为题取士，不仅造就了"万般皆下品，唯有读书高"的知识分子队伍，也造就了所谓"五谷不分，四体不勤"，缺少实用技能、轻视科技发展的单一人才的现象。

我们今天的改革开放政策，不仅带来了先进的科学技术和管理模式，也改变了我们的价值观念和生活方式，这些进步无疑为推动我们国家经济的高速发展起到了巨大作用，同时也给我们带来一些催生的阵痛和迷惘困惑。我们在享受现代物质生活的同时，不得不面对精神生活的考问。

今天的读经无疑是有感而发。当然，我们不能简单地把读经理解为一种对心理平衡的追求。其实，读经除了学术上的意义外，中国人骨子里的"孔孟之道"无处不在，生活方式、思维模式、价值取向、言行举止，有形无形的印记在国民身上都能体现。虽然人们穿洋装、喝咖啡，坦然地享受着"世界一体化"的文明，但其内心深处的文化烙印是抹不掉的。科学技术突飞猛进，在世界范围内淡化地域文化色彩的同时，中国传统文化的强烈色彩仍然凸显着其光芒，吸引着世界各种肤色人们的目光。

中国传统文化是世界文明的组成部分，今天仍然彰显着其生命力和特殊的价值。中国现代化取得的成果，不是摆脱了传统文化的束缚，而是打开了国门，包容了优秀的外来文化，努力地适应与时代同步发展的新理念。这些理念打开了我们一度拘谨的思维模式，特别是商品社会带来的冲击，曾让我们措手不及。这种冲击有矛盾也有交融，当我们面对西方文明的现代成果时，曾经做过认真的反思和严厉的自我批判。中华民族向来是一个自信而容纳百川的民族，当我们在角逐中沉静下来，在多元文化的斑斓中重新审视传统文化在现实生活中的意义时，读经成为一种信号。它不应简单地被理解为一种文化上的防御，更不是复古，而是一种文化上的回归。

当然，读经并不能代替现代社会的全新观念。博大精深的传统文化从来都是中华民族的精神支柱，也一直是支撑中国现代化快速前进的动力。有条件地读几本传统文化的典籍，不仅能找到自身的精神家园、文化命脉，更能在现实生活中感受古典文化的熏陶。

读经不过是一种理念。传统文化的影响是长久的、无形的，也是多层面的。有识之士提倡读经是可取的，也是可贵的。通过读经唤起人们对传统文化的重视，发扬传统文化在现代化建设中的作用，用来推进传统文化的演进，使传统文化成为人类共同的文化财富，也是对人类文明发展的贡献。

开卷有益，读点文化典籍，应该是一件不错的事。

文化的价值

　　文化是人类在历史进程中创造的物质财富和精神财富的总和，是人类文明程度的象征，其价值、其作用、其影响都是不言而喻的，是衡量一个国家、一个民族、一个人素质的标志。

　　一次音乐会上，被称为钢琴神童的奥地利小女孩伊洛娜，在演奏完一首曲目后，听到了观众赞美她精湛的演奏水平，但同时她也听到了人们在议论她家里的贫困状况。这使得伊洛娜愤愤不平，她激动地站了起来，两眼闪闪发光地争辩道："不，我们不是穷人，我们只是没有钱。"这位钢琴神童所流露出来的情绪，正是对文化价值的依赖和认同。另外，我们熟知的音乐大师贝多芬，其对文化价值的解读，和伊洛娜也有着异曲同工之妙。有一次，贝多芬走在一条狭窄的路上，迎面走过来一位伯爵，伯爵傲慢地站在那里，等着贝多芬给他让路。伯爵说："喂，贝多芬先生，我是伯爵，你应该为我让路。"贝多芬说："不，让路的应该是你，这个世界上伯爵很多，而贝多芬只有一个。"这则趣闻里的贝多芬虽然有点名人的"矫情"，但反映出来的却是对一种文化价值的认同。

改革开放以来，人们的物质生活发生了巨大的变化，人们在致富光荣的观念支配下，埋头苦干，口袋里的钱多了，房子大了，桌上的食品也丰富了，但冷静下来却发现，人们在这个过程当中丢失了许多传统意义上的美好东西，诸如理想、信念、亲情，以及奉献精神。在物欲横流、人心浮躁的角逐中，许多人迷茫、困惑、心态失衡，有人感叹，我们现在"穷"得只剩下钱了。这种新旧价值观念交替过程中的失衡，也是某种程度上对文化价值观念缺失的感叹。

作为文化的载体，文化商品进入市场，明码实价，一点也不含糊。最近一家拍卖行拍出一件元代青花大罐，因历史久远，瓷质优良，图案精美，竟拍出上亿元人民币的天价。上百万元和上千万元的文化产品已经不再让人动容，文化的价值在特定的条件下，已无法用自身的价值来换算，它包含的更多的是对文化价值的认同，其因素多元而复杂。

文化价值的不确定性，有着复杂的原因，不同的环境、不同的际遇，以及人们对文化认同的差异，都会形成不同的文化价值观。现代社会文化商品的价值同其他商品一样，取决于市场。被联合国教科文组织认定的人类非物质文化遗产昆曲，是中国戏曲艺术中的一朵奇葩。昆曲传承了中国戏曲艺术发展的渊源，形成了独立而完整的表演程式，其唱腔委婉细腻，绵长悠远，可谓历史久远，艺术精湛。但因时代的变迁，这一有着历史和文化渊源的表演艺术，正处于阳春白雪、和者寡之的尴尬处境，其票房价值和艺术价值难以等同。近年来台湾著名作家白先勇先生和昆曲艺术家们花了很大的心血，精心打造出昆曲精品剧目《牡丹亭》，在舞台上再现了昆曲的艺术魅力，也再现了传统文化的博大和精深。尽管如此，就其市场价值而言，仍难以和电影、音乐等艺术形式同日而语。

文化的价值在今天仍然是一个让人关注、让人思索的问题，许多人一直在探讨文化的价值与市场的关系，特别是优秀传统文化的保护和传承发展问题。西安有一位年轻的女画家杨冬苗，她酷爱被称为"中国艺术宝库"的敦煌艺术，多年来潜心研究和临摹敦煌壁画。这无疑是一个瑰丽的梦想，为此她卖掉了家里的两套住房，承受着父母不谅解的压力，租住在仓库里埋头于她的"工作"，这是画家个人对文化价值高度而无私的认同。三年后，她耗尽了四十万元的卖房资金，其浩大的工程已经难以维系。正在年轻画家走投无路时，一家企业向她伸出了援助之手。为了让杨冬苗的事业得以继续，这家企业将杨冬苗和她的丈夫纳入公司，使其享受公司员工的待遇。为了便于画家的工作，公司给了他们一套130平方米的住宅和200平方米的画室，并明确约定，画家的作品归个人所有。这种大手笔的文化资助表明了企业对文化价值的高度认同。而且还不止于此，这家企业还计划投资一亿二千万元人民币，修建一座永久性的敦煌艺术展览大楼，来保存和展示画家的临摹作品。杨冬苗的敦煌壁画研究和临摹工作已经历时十二年，共临摹藻井100幅，各类壁画500余幅。这个数字和浩瀚的敦煌艺术相比，仅仅是个开始，而画家个人对文化价值的追求也刚刚踏上一个新的征程。

文化的价值从精神意义上讲是无形的，文化作为商品进入市场，其价值的定位取决于社会经济的发展和人们对某种文化的认同程度。文化价值的矛盾和统一，是社会发展过程中一个永远需要不断解读的课题。

卜魁旅人英和

清兵入关后，爱新觉罗家族做了皇帝，受了封的八旗贵族们都忙着做官理财，很少有人回到关外故地，偶有踏上故土者，大都是犯了大清律条的钦犯，被流放到这里戴罪思过的。

道光八年（1828）初，有一个叫英和的朝廷钦犯来到齐齐哈尔，一住就是三年。

英和是正白旗人，祖籍吉林，官宦世家出身，其父德保做礼部尚书时，初为侍郎的和珅曾托内务府大臣金简做媒，欲招英和为婿，被德保婉拒，可见其家族的显赫。英和后来为此颇得嘉庆皇帝的赏识，任过工、户部尚书，协办大学士，军机大臣等要职。

英和有文采，善诗赋，在政务上也有作为，但道光七年他在经办宝华峪孝穆皇后陵寝工程时，因地宫浸水，触怒了龙颜，被没收了家产，连同他的两个儿子一起，流放到黑龙江，落户齐齐哈尔。官做不成，命总算保住了，出身"祖孙父子兄弟叔侄四代翰林之家"的英和，除了自喜"诏许戍人携二子，此生遭际胜前贤"外，手里只剩下舞文弄墨的笔了。在此之前他曾刻印出版过《恩福堂笔记》《恩福堂诗抄》，大都是记述恩遇、艺德、典章、游记、评诗论画之作。英和在官场多年，深知清王朝文字狱的厉害，他虽然是满人大臣，但毕竟是落魄之士，皇上圣明，耳目又长，还是小心为好，就远离朝政，忘情山水，考据民俗吧。"对景每提句，逢村必问名"，一山一水，一草一木，荒野小店、草原人家，都收入诗句；"逢人问风俗，即境从江山"，四时节气，风土人情，土物特产，所见所闻，都记录下来。他在《龙沙物产十六咏》中，记述了貂、海东青、鳇鱼、桦皮、乌拉草、榛子、木耳等地方产品的珍奇。在《出勒汗歌》中，生动地描写了边民朝贡貂皮的盛况。每丁一貂，系上三种不同颜色的绸条，以示不同的产地。以五尺标比丁，"来岁还添五尺童"，就是说明年孩子长大了，家里还得多贡一份貂皮给朝廷。"公余皮币许通商，以货易货交相偿"，每年交贡皮的日子，也是一次民间大集市，诗人向我们展示了当时民间贸易的情景。他在《识俗》中，详细地写下少数民族的服饰、婚俗、女巫敲击太平鼓祀事，以及火葬、树葬、鸟葬等地方习俗。

作为一名士大夫诗人，英和的诗词根基很厚，创作态度也严谨，他在告诫儿子的诗中写过"少见故应多所怪，未经亲历漫轻谈"。三年流放期间，英和共写下202首诗，结成《卜魁集》，其中相当一部分诗作写他亲历的黑龙江风情风貌，给我们留下了极其珍贵的第一手资料。

道光十一年（1831），英和获赦，他拖着带病的身体，怀着对浩荡皇恩感激涕零的心情，返回京城谢主隆恩去了。他的卜魁诗作也就到此结束。

讲个故事给你听

　　商业街上有一只狼，像幽灵一样徜徉，人好奇、惶恐，人人避之不及，它像影子样尾随人后，让人心绪不宁，让涌动在商街的利润充斥着血腥。

　　人被打上阶级烙印时，人被审视的是社会属性，理想主义被各种利益引向极端，人的生存环境变得剑拔弩张；人被打上商品烙印时，利益被合理地摆上天平，求生存和求发展的欲望被引入金钱的迷宫。欲望在推动社会前进时，又无时不在地折磨着人的情感，许多旧的价值观被击得粉碎，人们变得迷茫而焦躁。

　　疲惫的人们开始寻找新的精神家园。

　　这是个发生在20世纪二三十年代的故事，那是哈尔滨迅速崛起的时代。20世纪这儿还是一片荒芜的沃土，是商品的流通使这座城市繁荣起来，到处是耸立的楼房，规划整齐的街道，开张志喜的商号，贫穷者和富有者都涌到这里寻找机遇。一个城市所应有的内涵都具备了，一座人生的大舞台响起了启幕的锣鼓。

　　山民陈九闯入这座城市，他彪悍、鲁莽，又不失狡黠，他像一头闯入花园的公牛，既吞吃着肥美的草，也践踏鲜艳的花，他在修筑大厦时，也为自己埋下了深深的陷阱。繁华的商街并不太平，商街在利润的绞杀中，萌生了雍容华贵的同时，也吞噬了诸多鲜活的生灵。陈九的太太陆璎是一位官家小姐，是陈九从匪巢里解救出来的人质，大家闺秀的陆缨玉洁冰清，温柔善良，面对喋血的商业社会一筹莫展，她和陈九的结合带上了浓重的悲剧色彩，陆璎最终因为"狼"的阴影而精神崩溃。陈九的二太太张秀玉出身小家碧玉，是一个一心想在商界上流社会占一席之地的小女人，她和她的姑父赵小品的感情纠葛，又给陈九家带来了隐患。性的困扰、利润的绞杀、商街的格斗、民族的灾难，还有那幽灵一样的狼，一直缠绕着陈九，使这个出身贫寒、在商街取得成功的血性汉子饱尝倾轧之苦。

我写狼，写狼性，只是个寓意。现代社会，人的独立意识越来越强烈，人与人之间的依赖关系也越来越紧密，这种独立意识和依赖关系使人悲喜参半。人的生存空间的广阔和竞争状态的激烈，使人变得既兴奋又不安。面对这样一个纷繁的社会，我写了一个过去的故事，也许使人感到困惑，每一个作家都有自己的视角热点，现代人讲述的任何一个过去的故事，都带有现代人的视角。也许一个虚构的故事更能激发我对人生探求的激情，在一个虚构的舞台上编排故事更容易得心应手。

人的生命是一个过程，辉煌也好，淡泊也好，其意义在于自己的感觉。人们创造了上帝来管理自己，这个上帝就不会被人夺走。人在审视社会的同时，也在审视自己；人们在珍惜生命的同时，都在努力使生命完美。人们崇尚力量，也崇尚美德，浮躁不过也是一个过程。生命的最终意义在于认识自己的价值，这尽管很漫长，但不会停止。

人的精神家园筑造在自己的心里，心照不宣是一种默契，作家的责任是宣泄出来，去撞击有同样感应的心灵。

这是一座移民的城市，她没有千年古刹，没有源远流长的家族，但她具有现代城市独有的魅力，她的多彩的生活，浪漫传奇的色彩，多灾多难的经历，让人感叹不已。我无力为她立传，只是想展示她的斑斓，我把我的故事放进这座城市里，作为展示生命的舞台，了一份我对这座城市难解的情缘。

这是个大变革的时代，这座城市面临着新的中兴，林立的大厦，闪烁的霓虹灯，诱人的广告，五光十色的商品，使城市震动，使街头喧嚣，责任、机遇、风险肩负在每个人的身上，兴奋、躁动、困惑雕刻在每个人的脸上。城市是一幅时代的风景画，我驻足街头，像是站在一条巨大的传送带上，望着涌动着的男男女女，那故事又在我心上鼓动，我很想像个街头艺人那样叫喊，让行人停下来，告诉人家，我想讲个故事给你听。

我没讲，我把它写成了一本书。

一种坚守的代价

　　城市在不断更新，旧的建筑被拆除，新的建筑矗立，成为现代社会的标志。遗迹便成了对城市历史的怀念和对某种文化的寄托。

　　陈明的长篇小说《城市遗迹》所揭示的则是当代人心灵上的挣扎与坚守。

　　国营大厂青年女工江兰蓝曾经有过一段刻骨铭心的爱情，同车间的师哥高志强，一个高大漂亮的混血儿，不仅打开了少女的心扉，也给了江兰蓝面对挫折的勇气。当他们面临下岗，生存受到威胁时，这对血气方刚的年轻人毫不犹豫地投身商海，双双到了改革开放的前沿城市——广州，这个靠市场经济发达先富起来的城市，无疑让两个毫无阅历的年轻人经历了一次人生的洗礼。特别是江兰蓝，她不仅看到了一个被称为李小姐的女孩子落入红尘的悲凉，又几乎遭到了自认为应该是一个可靠的生意伙伴方老板的欺辱，更让她心碎的是，男友高志强来到这里后，如鱼得水，迅速投入方老板女儿的怀抱。这在今天已经毫无噱头的变故，当年着实让江兰蓝经历了一次生死磨难。

在当今纷繁的多元社会中，我们很难从中剥离出是非曲直的分界，但作家笔下的鲜活的文学形象，却为我们提供了思考的空间。

在大的历史变革面前，个人的命运会变得难以揣摩，或与时俱进，或头破血流。江兰蓝在事业上是成功的，一度万念俱灰的江兰蓝，重新振作起来，几经拼搏，很快成了轻工市场上的"大姐大"，但感情上的失败却在她心灵上留下深深的烙印，她赌气式地组建了一个没有爱情的小巢，让日子沿着正常的轨道继续下去。

生活是充满变数的，另一个主人公"怪人"沈飞雄的出现彻底改变了江兰蓝波澜不惊的生活，沈飞雄摆地摊卖桃木梳子言不二价让江兰蓝好奇，他的"不二"法则的经营理念让江兰蓝钦佩，他的人生态度最终打动了江兰蓝，让江兰蓝意识到，她沙漠般的心境，正渴望着这一片绿洲。她义无反顾地投入沈飞雄的怀抱。沈飞雄也没有辜负江兰蓝的期望，在江兰蓝筹建古蓝希大厦的过程中，以他的能力和智慧给了江兰蓝极大的帮助，让江兰蓝不仅感情有了归宿，事业也有了坚实的依靠。

但沈飞雄若即若离的态度也让江兰蓝时时感到困惑。

沈飞雄的"怪"事出有因。

原来沈飞雄是"逃犯"。他的父兄在煤矿上做工，死于矿主不负责造成的事故，矿主的傲慢无礼更让沈飞雄气愤，当忍无可忍的沈飞雄拿着木棍找到矿主理论时，却发现矿主已经被人打死在自己的家中。沈飞雄以杀人嫌疑人的身份被判入狱20年，就在他刑满释放的前一天，为了证明自己的清白，他用越狱逃跑以示抗议。戴着无形镣铐的沈飞雄无法融入江兰蓝的世界，就在古蓝希大厦开业典礼仪式上，沈飞雄被人发现并再次锒铛入狱。

了解到真相的江兰蓝带着巨款赶到监狱，她想靠着自己的经济实力去"捞"沈飞雄，她冒着被打劫的危险，在荒僻的路上几乎被暴风雪冻死。当奄奄一息的江兰蓝被抬到监狱，来到沈飞雄面前时，又可爱又可恨的沈飞雄又犯起追求"天下真理"的牛脾气，他拒绝了这个"富婆"的帮助，并把江兰蓝赶出监狱。江兰蓝从此成了荒野上的游魂。

小说从现实生活入手，细致生动地刻画出当代人面临的机遇和困境，写出了他们在社会变革中的生存方式和适者、不适者的心态。小说文笔流畅，嵌入一些地方方言，给作品涂上相宜的地域和时代的色彩，同时，小说在写实的基础上，也融入了带有某种寓意的神秘色彩，如写孤岛上的荒冢和神秘的看墓老人，昭示着主人公江兰蓝后来的命运。这种宿命的描写，给读者解读现实生活中的复杂性增加了思考的余地。江兰蓝的命运结局，是对一种理念的殉葬也好，还是抗争也好，已经变得并不重要，重要的是读者从主人公江兰蓝还有沈飞雄身上，看到了作者对生活中某种理念的追求和坚守。

作家陈明是多年共事的同事、朋友，她长期从事编辑工作，曾任《小说林》主编，后到作家协会主持常务工作，出版过多部作品。作为一名女性作家，她的作品更多地关注女性生活，是一个为女性命运鼓与呼的理想主义者。她的长篇小说《女尊》曾受到读者关注，她的这部小说《城市遗迹》可以被视为姐妹篇。

陈明又是这部大型丛书"松花江上"的重要组织者之一，承担着繁重的组稿、审稿、编辑出版的具体工作，辛苦繁忙自不必说，她自己并不介意，倒是常为出现的新作者新作品兴奋不已。和所有的工作一样，在付出和收获之间，总会留下一些遗憾，这套大型丛书在编辑出版过程中，虽经过专家委员会的认真筛选，但受出版数量限制，难免有遗珠之憾，这让陈明充满自责。

无论如何，出版这套"松花江上"丛书是一项浩大的工程，是对哈尔滨文学创作队伍的一次激励和检阅，是哈尔滨文学史上值得特别书写的盛事。

家乡有湖有挚爱也有疼痛

　　何凯旋是一个有着多方才能的作家，在小说和话剧方面都有不俗的建树，荣获过多种奖项。

　　何凯旋一直坚持用他自己的语言和叙述方式来经营他的小说，营造出来的人物及其生存空间带有很强的个人情感色彩。何凯旋的小说语言是冷静的，甚至是冷峻的，笔下的人物看上去有些陌生，但字里行间渗透出来的却是作家对人物命运及生命价值深层次的思考。这种人文关怀注入作品中去，注入人物命运中去，除让读者唏嘘感叹外，唤起的是对现实生活的认知和共鸣。

　　这就是文学的魅力。

　　一个人对生活的认知来源于他的人生阅历，但一个人的人生阅历毕竟是有限的，作家的智慧在于从个体生命的体验中，去挖掘人的生命价值及人与社会生活之间的关系，在诸多矛盾中塑造让读者去认知并心动的人物形象，并在阅读过程中获得心灵上的启示。这是我阅读何凯旋的小说集《永无回归之路》留下的深刻印象。

小说集《永无回归之路》是作者在兴凯湖这样一个特定的环境中，塑造出的一系列人物和他们生存的故事。这里曾经是服刑犯人、劳教人员、管教干部及以上各类人员的家属的集聚之地。在那个以阶级斗争为纲的年代，这里的人员被分成三六九等，严峻的生存环境也给这里生活的人们造成极大心理压力，扭曲了人们正常的心态。作为小说集中首篇的中篇小说《无回归之路》正是作者这类作品的代表之作。小说中的"我"是一个在押犯人的儿子，注定是在这一生存环境中处于最底层的人，在同龄孩子中，过的也是备受歧视的生活。但他和其他孩子一样，希望得到应有的理解、尊重和关爱，孤独和冷漠并没有泯灭向上的心态。在一群孩子的游戏中，由于受到另一个更为强势孩子的恐吓，其中一个叫大军的男孩，在惊恐的躲避中摔断了胳膊，露出了白骨，其他孩子早就像惊恐的鸟儿一样逃得没了踪影。那个教养犯的儿子大军，自恃比他高一等，平日里常常寻事欺负他，这种积怨让他不屑去营救大军（他也没有这个力量），但面对这个因伤势和严寒随时会失掉生命的昔日对头，他默默地承担起报信的责任。他及时地把这个不幸的消息报告了大军的父亲。在做这个事情的整个过程中，他内心一直有一个期盼，那就是事后人们会发现他，找到他，向他表示感谢。但他失望了，自始至终没有人想到这个怀着极大的委屈报信救命的少年。这种冷漠更加激化了他内心的孤独和愤懑，这种极端冷漠的人际关系导致他的情绪发展到极致。后来他发现母亲和一个管教干部偷情时，做出了一个惊人的举动，他检举了母亲和那位管教干部，这一超乎寻常的举动，不仅使那个管教干部成了阶下囚，也使母亲由犯人的家属成为被教养人员。他虽然因此收获了"殊荣"，当上了"红小兵"，满足了一时的愿望，但这一切并没有让他内心的孤独得以解脱，反而促成了他长期压抑的情绪有了更大的爆发。在他和母亲及姐姐作为不可靠的人员，撤离紧张备战的边境前夕，他做出了更为激烈的举动，亲手杀死了那个因被判刑由管教干部变成了犯人，以犯人的身份被派到防洪第一线，在兴凯湖边抢险的仇人。这个懵懂少年显示了自己的强势，最终把自己的灵魂送上了永无回归之路。

小说集还写了兴凯湖这块土地上更多的人物和故事，都和这片土地和这片湖水有着莫大的关系。何凯旋笔下的兴凯湖，是作家的精神家园，这里有他的挚爱，也有他的疼痛。他笔下人物生命的张力和生存的逼仄，灵与肉的博弈，凝聚为作家胸臆中的纠结，看似不动声色的描述，透着作家"穷年忧黎元，叹息肠内热"的心结。何凯旋的小说语言，平静中带有热烈，白描中洋溢着色彩，散发着厚重的生活气息和艺术感染力。

对于作为文学期刊《小说林》主编的何凯旋，期待着他在海纳百川的编辑工作之余，在个人创作上有着更为丰厚的收获。

沉重的救赎

　　社会的转型，牵动着所有人的神经，有意或无意，都会被一种震撼的力量卷入蜕变的行列中。人们期待变化，兴奋着，惶恐着，努力去适应到来的新的思维方式和生活方式。人们在不断的摒弃和收获中，会突然发现，巨大的变革洪流，同样会泥沙俱下，个人的命运会千差万别，希望与失望纠结，人们开始追求一种洒脱和超然。

　　长篇小说《救与救赎》中的主人公婉晴，一个一心想改变现状，寻找新生的年轻公务员，她毅然告别旧的生活环境，去闯荡深圳——那是一种全新生活方式的标志性地域。作者把这里构筑成婉晴演绎新生的舞台，逃离名存实亡的婚姻和逼仄的工作环境，婉晴把深圳当成命运的转折点。市场经济的驱动和思想解放的活力让深圳朝气蓬勃，多重奏的历史洪波唤起了人们的进取心，大包大揽的历史进程像是开戏的大舞台，当怯生生的婉晴走到舞台上时，她听到和看到的是锣鼓笙箫，长袖起舞，周围的生旦净末，各有自己的角色，她一时找不到自己的位置。婉晴和姐姐婉怡有亲情与隔阂，婉怡周围的朋友表面上过着风光无限水养鱼、鱼靠水的日子，住久了才知道，那粉彩浓妆后边，有多少龌龊和难堪，有多少水火不相容的险境。终于有一天，她看到了那些玄机，因为经历了太多，婉晴变得漠然，她不甘心，身体力行地去验证母亲关于她早晚要回去的预言。

婉晴的母亲在小说里是一位寓意式的人物。她巫婆式的预言，剥去表象的世俗经验，给人一种提示：任何新的事物的产生，在促进生命蓬勃生长的同时，总会带来负面的冲击，去侵蚀生命的肌理。这种善恶交织的循环无法回避。变化是历史的必然，在千变万化中总有不变的柱石，那就是人对美好生活的向往和追求，这是母亲的训诫所没有的。她过分强调对不测未来的逃避，所以母亲的预言在年轻人身上是空洞无用的。生活中没有是非曲直的教科书，只有付出代价才能悟到的教训，救赎永远是一个沉重的话题。

《救与救赎》写了深圳生活的一角。作者的笔端放到人物的日常生活中，不动声色的描写中，并没有进行刻意的批判，而是透着对人物命运的理解与怜悯。看上去人情淡漠，对一切满不在乎的婉怡，每年风雨无阻，定期去马来西亚看望狱中的男友。充满妒意的阿美，最终死于情人阿汀的谋杀。这些表面上风光的小人物无一不把自己的命运套在绳索中。阿汀和房先生这两个"庞然大物"，一方面过着饮食男女、声色犬马的日子，保持着表面生活的庸常和平静，一方面操纵着自己黑社会的势力。在两个庞然人物的角逐中，阿汀死于非命，房先生远走澳大利亚。

一心想改变命运的婉晴，自觉不自觉地融入这些角逐中。她曾努力去适应所投奔的环境，在这一过程中，婉晴不时对自己进行心灵的考问和行为的辩白。这种躁动不安，隐喻着她对新事物的跃跃欲试和对旧生活的恋恋不舍。婉晴内心的纠结和挣扎，客观地展示了社会变革的复杂与对个人命运的冲击。后来她随房先生去了澳大利亚，想过一种洒脱和超然的生活。生活是连续的，割不断过去，也无法预测未来。

《谁是赢家》（包含于《救与救赎》中的另外一部长篇小说）更多的是关于爱情命题的深究。爱情在两个人之间微妙发展、变化和寂灭，爱情能否救赎灵魂？答案是否定的。而爱情带来的百般磨难和让人坠落深渊的绝望，在林荫死后才能平息，才最终获得了解脱。因此，萨特说，他人即地狱。而期待爱情打破沉闷生活给内心带来温暖的林荫，她的爱情是悲壮的，也注定是失败的，她败给了这个"节操碎了一地"的时代和让自己格格不入的精神洁癖。

无论自由还是爱情，都无法让灵魂获得归属，都将成为沉重救赎的主题和无以回避的缘由。而自由过多，带来的更多的是迷乱、刺激、空虚、孤独，在声色犬马物欲横流的城市生活中失去信仰和精神皈依，让人走入另外一种绝境，这在阿美的死中得到了完全的诠释。弗洛姆说，其实人是逃避自由的，真正的自由有时让人无所适从。

其实无论《救与救赎》还是《谁是赢家》，作者都在叩问灵魂归属的命题。被操纵或被压抑个人意志的生活背后，灵魂被生命本原的欲望灼烧着，不断寻求释放的出口，而逃离能否带来忠于自我的生活，灵魂是否能得到安放，还是宿命原本是如来佛的五指，让人无处逃脱？这是作者试图切入的命题，当然也是一场没有答案的天问。

编读随记

关东文学随想

　　很难说清楚关东文学的涵义。我们这一期的"关东文学专号"，主要是关东人写关东人吧。

　　历史上的关东人何等了得，他们两次入主中原，金戈铁马，横扫千里，灭南宋，覆大明，创造了以少胜多、以弱胜强的奇迹。形成这一历史现象的原因是复杂的，是非曲直更不是一两句话能说得清，但事实是严峻的，甚至是残酷的。关东人的两次入关，战争的破坏是显而易见的，而且使中原多少忠烈将臣，为保卫社稷家园，弃身家性命于不顾，南征北战，出生入死，呕心沥血，甚至横死沙场，也没有阻止滚滚而来的铁骑。许多志士仁人，壮怀激烈，为山河的丢失，痛心疾首，大声疾呼，最后壮志未酬而身先死，留下千古遗恨。

　　关东人的两次入关，是关东人的两次大迁徙、两次大移民，许多关东人融入了中原社会，关东被视为发祥的龙兴之地，被封存了起来，关东人被视为不建家园的民族。关东客观上留下了一片有待开发的沃土。只是到了近代，龙兴圣地开禁，大批中原人闯出山海关，开荒种地，打鱼狩猎，淘金挖参，使地广人稀的关东热闹起来。关东开出了一片又一片的土地，冒出一个又一个的村屯，中兴了一个又一个的城镇，诱发了更多的人闯关东、谋生存、图发展。他们与当地居民共同开发经营，跌打滚爬，与天争，与地斗，铸成了关东人的独特形象和性格。

关东人豪爽，大碗吃肉，大碗喝酒。有朋自远方来，喜不自禁，盛情款待，四海之内皆兄弟，有福同享，有难共当，为朋友两肋插刀，有酒一起醉，一个馒头掰着吃。就是素不相识的旅人，在茫茫的雪原中，敲开任何一家的门，主人都会倾其所有，奉为上宾，让你坐热炕头，女人为你生火做饭，男人陪你桌边喝酒，吃好喝好，再送你上路。关东人大都有闯天下、打天下的经历，在家千般好，出门事事难，在家靠父母，出门靠朋友，明白旅人的不易，也知道闯世界的艰难。同是天涯沦落人，相逢何必曾相识。

关东人体魄强壮，无边无沿的沃土，白山黑水，天灵地气，滋润着肌肤，强壮着筋骨。关东人男人雄壮伟岸，女人修长丰腴；男人粗犷，女人灵秀。关东大嫂没有嫁鸡随鸡，嫁狗随狗的矫情，巾帼不让须眉，她们和男人一样打天下，创基业，里里外外都是一把好手。夏秋她们和男人一样起早贪黑，下地种田，漫长的冬天，坐在热炕头上，和男人一样吸着大烟袋，打发寂寞难熬的日子。

关东天气严寒，一年中有半年的冬天，风雪交加，赤裸大地，冰封江河，恶劣的环境炼就了关东人的生存意志。早期关东人居住条件简陋，冬天为了取暖，一家人几世同堂，常是住在一间屋子里，甚至睡在一铺炕上，便有老公公下炕穿错儿媳妇鞋的笑柄。有初闯关东的人，两家住在一间屋子里，睡在对面炕上，也有被编派着男人上错炕的故事。就是在这样的生存条件下，关东人上山逐虎猎豹，下地开荒种田，把一个荒芜的关东，开发得生意盎然。

关东人大多是移民，传统的宗族观念比较淡薄。一村一屯、一城一镇，大都来自四面八方，没有族长，没有祠堂，面对的是严峻的大自然，面临的是生死存亡的现实，关东人比较讲求实际。

风雪交加的严冬，正是滋长爱情的季节。那些淘金的、挖参的、打猎的被称为"跑腿子"的单身汉子，怀里揣着血汗钱，下山猫冬。他们有的把钱捎回关里家，自己住在大车店里度日。也有的住进寡居的女人家里，拿出钱来买米买肉买酒，和那女人厮守着过日子；等到来年大地解冻，春暖花开，向女人道一声珍重，再去过那冒险的生活。个别人则去"拉帮套"，到一家去，和那家的男人分享一个女人，倾其所有帮助人家维持艰难的日子。在恶劣的生存环境中，默守着饿死事大、失节事小的准则，民风便显得颓败。

关东人打天下，闯世界，凄风苦雨，甚至腥风血雨，日子过得很艰难。

关东地广人稀，荒野山林中便有人滴血结帮，拉杆起事，干起打家劫舍的勾当，成了马上来、马上去的汉子。这些马贼或占山为王，或与官府勾结，成为关东一害。他们有的摇身一变，当了旅长、师长、司令什么的，关东人良莠不齐啊!

今天的关东人早已非昔日可比，现代科学技术的发展，打破了地域间的严格界线，信息高速公路缩短了人与人、地域与地域、国家与国家间的距离，现代人的生存状态决定了人与人之间越来越密切的依赖关系。关东人的移民色彩决定了关东人有吸收外来文化的传统，在衣食住行上有着外省甚至外国影响的烙印。关东大姐向来以爱穿和敢穿闻名，高挑的身姿和流行的时装使外地来的汉子倾慕。关东大哥也不示弱，穿名牌、吃酒店成为时尚，满街的大酒家、夜总会、桑拿浴让那些从沿海发达地区来的客商也瞠目。就是历史上的土著关东人，他们入主中原后除了在形式上建立了留发不留头，留头不留发的严厉统治外，在政治、经济、文化上归顺了先进文明的体制，并一度把封建王朝推向辉煌。

关东人是善于学习的。

关东曾有关东的优势，大森林、大煤矿、大油田、大农场、大企业曾是现代关东人的骄傲，以大为荣，以大为优，是现代关东人的一大法宝。在计划经济时期，关东的丰富资源，关东人的博大胸怀和群体意识，使关东人为国家建设做出过突出贡献。曾几何时，这一大优势成了关东人肩上的重担。历史的大变革向关东人提出了挑战，也向关东人提供了再展宏图的机遇，关东人在市场经济轨道上，被重新放上了天平。关东人在经历了迷茫和困惑后，开始严肃地审视自己，关东人开始在粗犷中寻找细腻，在豪爽中学习精明，关东人在思考和商品打交道时如何发挥关东人的优势。

关东人毕竟是关东人。

写关东人是一个大题目，每个作家都有自己经营的范畴。有人写关东人的根，有人写关东人的生存状态，有人写关东人在大变革时期的雄魂风貌。作家肩负着时代的使命，我们期待更多的作家拿起笔来，投入纷繁多姿的现实生活，撰写新一代关东人的风姿，写出绚丽的关东风情来。

寻找读者

《小说林》改刊一周年，几位同事约定说几句话。

作为作者投稿，诚惶诚恐，把编辑部当成文学殿堂。后来自己当了编辑，再后来又负起一部分责任，其中三昧自有体会。当编辑有给他人做嫁衣的美誉。但编辑不仅要有献身精神，同样需要创造性的劳动和丰富的想象力。

年轻朋友谈起人的美的标准时，五官、肤色、身高、发型，以及言谈风度，那条件是苛刻的；中年人的标准就宽容得多，大凡认为年轻就是美；而老年人则更豁达和实际，他们由衷地感到：健康就是美。

人们的审美情趣是多样的、多层次的。

街上忽而流行体型裤，忽而流行裙裤。男式大衣短了长，长了又短。服饰样式丰富多彩，五花八门。我曾请教过一位搞服装设计的朋友，什么款式最美，答曰：流行什么，什么就最美。

这话有哲理。人们求新，也趋时。

一本文学期刊向读者展示的生活画面是深邃的，多彩的。虽然不负有引导什么新潮流的使命，却能启迪人们思想，敞开人们的心扉，点拨人们的智慧，敲击人们的心弦。

《小说林》应去亲近更多对生活充满热情、富有社会责任感的作家，《小说林》应该去寻找更多更广泛的读者。

案头有几封作家和读者的来信，真诚地对《小说林》说了些鼓励的话，这些话让人眼潮心热。翻开一年来的目录，名家名篇，新人力作，洋洋洒洒，充实厚重，显示出作家对本刊的厚爱，看出同仁们付出的汗水。《小说林》改刊后，凝聚了编辑部全体同仁的心血。从内容到形式，从版式到插图，从封面到印刷，无一不是精心设计、认真经营的。

有蒋巍的开拓意识，副总编辑范震飙的克勤克俭，副总编辑阿成的实干精神，全体同仁的才华和热忱，都是《小说林》的幸事。特别是副总编辑阿成，组稿、审稿、版式、插图，事无巨细，精益求精，常使我受其感动。

一个团体有合作精神，才能有感召力。

当了编辑，才知道编辑部并非殿堂，编辑都是食人间烟火的凡夫子。办刊经费紧张，办公条件简陋，诸多不如意的问题还困扰着我们。但文学就是文学，同事们的工作热情和敬业精神不减。回首翻阅近几期《小说林》，油然萌生一个强烈愿望，我想向我的每一位共事者致意，说一声辛苦了。

王理小说编后

　　几年前就从自然来稿中读到王理的作品，他写小小说，很勤奋，小说写得也不错。我们选发过一些，并开始同作者联系。先是我写信给他，通知他作品采用的事，大概也会说几句鼓励的话，时间久记不清了。王理不时有作品寄来，他写信封仍写编辑部收，从不寄个人。后来我还写信和打电话给他，请他到编辑部聊聊，他很忙，一直没有来。去年初，编辑部召开一次业余作者座谈会，邀请名单上有王理，我担心他不来，特意打电话找他，他不在单位。开会时他果然没来，不过会前他给我打来电话，请了假，也是因为忙。

　　但他一直在写，作品也越来越成熟。他寄稿子还是写编辑部收，得从大量来稿的阅读中发现他的作品。这不免引起猜测，觉得这个王理很怪，很超然。

　　这次约了王理一组小小说，而作者也千呼万唤始出来，来到编辑部。相见之下，觉得王理倒是一个很朴实的年轻人。编辑部的同事们都很热情地接待他，笑谈到"千呼万唤"，他说自己不来编辑部一是因为忙，二是怕打扰编辑部的正常工作。说得很实在，很坦诚。

我想说，同作者联系和交往，是编辑部分内的工作，但我没有说。人的生存心态是千差万别的，我理解王理，也尊重王理，虽然我现在仍然由衷地欢迎王理，也欢迎其他作者常到编辑部来坐坐，除掉繁文缛节，像朋友一样聊聊天，说说文学，谈谈人生的得意与失意，累了烦了，也可以说说今天天气之类。文学更需要交流。

从王理的这一组小小说看，作者倒是很入世的，抓住了现代人生活中的许多症结，笔锋犀利，韵味十足。篇幅虽小，反映人物的内心世界则是广博的。可言的，不可言的，都融在这些小故事里。

作品是作家的最好宣言，读者自有心得，我不必赘述。

文学的断想

1997年文学的社会大背景、历史大背景是多彩而厚重的。这一年香港回归祖国，洗刷了百年国耻，普天下中华儿女无不扬眉吐气，拍手称快，为祖国统一大业这一历史进程欢欣鼓舞；这一年中国共产党召开了第十五次全国代表大会，这是一次承上启下，继往开来，进一步深化改革的会议，尽管我们还面临着种种有待解决的问题，生活中还有许多不尽如人意的事情，但历史的潮流不可逆转，中国人民正脚踏实地向着强国富民之路迈进。

文学是社会和历史的结晶，一个深刻的变革时代将孕育并催生文学巨作的产生。

1997年是值得大书特书的一年。

回顾1997年文坛，许多实力派作家和文学新人都把笔锋转向长篇小说的创作，绘制历史长卷，抒写恢宏的时代精神，建树各自的创作丰碑，出现了长篇小说创作热的大局面，中短篇小说创作显得有些沉寂。这一年中短篇小说创作虽然不乏佳作，但少有轰轰烈烈的效应，少有争相阅读、奔走相告的局面，让读者略感寂寞。在创作观念上，作家心境也有了微妙的变化，在追求时尚、寻找热点题材上显得心平气和，多在静观固守，扎扎实实地耕耘自己的绿地，极力发挥优势，突出个性，张扬自己的旗帜，同时不断地批评别门别派，用语尖刻，措词强烈，以攻为守，虽不免偏颇，但对文坛却是幸事。大时代需要大作品，书写苍凉人生，需要大手笔，临海观潮，气势磅礴，近池摹鱼，细致入微，各有斑斓色彩，百家争鸣，奇葩怒放，兼容的文坛才有鲜活的生命力。

中短篇小说是迅速反映生活，艺术再现人生的最佳形式，作为期刊中人，我们期待着更多的中短篇小说佳作诞生。

作为文学期刊，《小说林》拥有自己的读者，得到众多作家的支持，我们携手走过了1997。我们一直认为，文学期刊是团结作家、扶植新人、繁荣文学的园地，我们一贯坚持文学直面人生，反映现实生活的主张，推崇反映时代精神、弘扬主旋律的现实主义力作，兼容不同风格、不同流派的文学尝试，我们对文学新人寄予厚望，期望着每粒种子都能发芽，成长为参天大树，跻身文学之林。今年是《小说林》较为丰收的一年，我们刊登了不少的优秀作品，有十多篇作品被各类选刊转载，产生了广泛的影响。在刊物林立、竞争激烈的情况下，广大读者仍然对《小说林》投了信任票，使《小说林》的发行量仍然保持在同类期刊的前列。

1997年岁尾之际，我们向厚爱我们的作家和广大读者致以谢意。

文学期刊走上市场后，编辑工作面临新的课题，为了期刊的生存和发展，各期刊都在寻求新的定位，寻找新的读者，《小说林》也面临新的思考，探求在市场经济条件下，开拓期刊生存发展之路。

在新的一年里，《小说林》纯文学期刊的宗旨不变，继续发表反映现实生活的小说、散文、随笔的力作、佳作。

我们处在信息时代，文学更需要交流，我们将开辟新栏目，扩大文学创作、文学批评、作家动态的信息容量，使读者用较少的时间，了解到中外文学创作的最新动态，使期刊富有当代意识；读者关注作品，也关注作家，我们将开辟新的栏目，介绍作家的创作思想、创作经历、感情生活，使文学期刊更贴近读者。

总之，要使《小说林》更富有文学品味，更富有生活气息，更富有时代精神，我们热诚地欢迎作家赐稿，欢迎读者批评指正。

文学的气象与迹象

市场经济大潮下，纯文学刊物该向何处去？这是广大文学爱好者和文学期刊主编们关心的问题。为此，《北方时报》记者走访了《小说林》主编李五泉先生。

记者：《小说林》发表过一些优秀作品，被认为是家有品位的期刊，在读者中反应较好。目前，在计划经济向市场经济转轨的过程中，纯文学期刊面临着生存和发展的双重考验，像《收获》那样的大型期刊去年都曾发出"办刊难"的感叹，又在"纯文学期刊是否刊登广告"问题上引发过争论，说到底是个办刊经费问题，《小说林》作为一家纯文学期刊如何应对这一考验？

李五泉：作为一家地方性的纯文学期刊，《小说林》的发行量是不错的，在同类期刊中仍然是佼佼者，但距离自负盈亏、自己养活自己还有很大的距离。面对纷繁的文化市场，我们的生存条件还很艰难，经费严重不足，编辑们也很清苦。但大家的敬业精神很强，耐得住寂寞，既然钟情于文学，"为伊消得人憔悴"也就坦然了。我们有一个好的编辑队伍，在很困难的条件下，做了大量工作，去年一年，《小说林》也包括《诗林》被各类选刊选载的作品共34篇（首），还有的作品被改编成电影，这是我们感到欣慰的。编辑们的业余创作也不错，创作出版了长篇小说、小说集、诗集13部。一个编辑部一年出13本书是个不小的数字。

记者：现在有一种说法认为文学正面临着低谷，读文学作品的人少了，文学作品在社会上的影响小了，面对纷繁的文化生活，文学曾经有过的瑰丽色彩黯淡了。我倒不以为然，我认为文学正按着自身的规律向多元化和深层次发展。我周围一些读文学作品的朋友仍钟情文学，只是读者对文学的期望值在增长。

李五泉：纯文学期刊的现状，不等于文学的低谷，当然文学失去了轰动效应也是事实。当年文学在文化范畴内领衔主演时，一篇好的短篇小说、一首好诗也会风靡全国。《小说林》曾发行到30万册，那时人们刚刚走出文化沙漠，有一种饥渴感，文学作品又承担起思想先行的责任，吸引了大量读者。今天，人们的文化生活五花八门，丰富多彩，这是种好现象，也是对文学的挑战。另外，人们在现实生活中面临的问题日趋复杂，人生实践给予人的启示也深刻多了，人们已经不那么容易激动和认同，对文学的审美品味变得苛刻，但这不等于文学失去了光彩。正如你讲的，文学自身也发生了深刻变化，如果拿今天的作品和五年前的作品比较，就会看出文学没有进入低谷，文学正在纷呈的社会变革中大踏步向前迈进。

记者：当前文学向多元化发展，各种主张和流派纷呈，如前几年风起云涌的"王朔现象"，还有近来张炜、张承志等人愤世嫉俗的文学主张，都表明作家在创作实践上有着更深层次的思考，你对此有什么见解？

李五泉：多元化是文学自身发展的规律，文学是兼容的，作家的创作都带有明显的个性色彩，都会把自身的阅历、情感、思想带进作品，使文学带上了百花齐放、百家争鸣的色彩。王朔作品中的人物，还有他的调侃性的语言，是对中国文坛一个时期形成的传统观念和形式的反叛，刮起了一股旋风，但王朔作品内涵有严肃的东西。

中国文学历来有以文载道的主张，中国文人有传统的使命感，面对当前社会存在的严重的价值观念失落、人格的扭曲，大声疾呼人文精神的危机不无道理。文学主张的极致和文学实践的开拓显示出中国文学在苦苦探求，当然山有高有低，林有疏有密，作品成功的因素是复杂的。有人主张你写你的，我写我的，拿出作品来见，这倒是符合文学创作规律的见解。

记者：文学期刊被推向市场是大势所趋，面对这样严峻的形势，许多期刊都在想办法，寻求生存和发展，我想《小说林》也不会等闲视之吧？纯文学期刊前景如何，关系到文学创作的走向，是个很严肃的问题。

李五泉：实际上文学期刊的发展和文学创作是相辅相成的，目前走红的生活期刊与人们的生存状态有关，人们在紧迫的日常生活中，需要些轻松的，有趣味性、娱乐性的读物。但喜欢读文学作品的读者群也在扩大，《小说林》今年的发行量增加了30%，这个比例不大，但这是一种迹象。中国人已经具备了处变不惊的心态，大起大落的现象不容易发生了。另外，纯文学期刊发行上也存在着一些技术性问题，如渠道不畅通，有的读者来信反映当地买不到《小说林》，把钱寄到编辑部来。

　　纯文学期刊的发展，仍然需要国家的倾斜政策。我们都在讨论什么是有中国特色社会主义的文化事业，有条件地扶植我们自己的高雅文化事业应该是目前需要做的事情。一方面我们感叹社会性的价值观念失落，一方面又一股脑儿地把文化推向市场，弊端较多。我们和西方国家的文化政策不同，加上他们的民间资本丰厚，公司和个人都可以办文化事业。我们则不同，有人主张办报业集团，以大带小，以经济效益带社会效益，这又需要政府行为。总之，以文养文，以副养文势在必行，怎么办要认真探索和实践。

编辑随记

唐诗《贫女》中有"苦恨年年压金线，为他人作嫁衣裳"的佳句，写贫家女无缘选择良婿，只能年复一年地为出嫁的新娘们做华丽的嫁衣。诗意有些苦涩，但不失为一种有多层蕴意的人生写照。后来人们把编辑工作比成为他人做嫁衣的职业，以示编辑工作的性质和奉献精神。

编辑坐在办公室里审稿编稿，向社会和读者推荐优秀的作品，是作家和读者之间的纽带，平平常常的社会分工，默默无闻的工作性质，没有作家那样耀眼的光环，没有众人皆知的影响力，编辑的热情靠的是对文学价值的认知和敬业精神。

编辑手中都有一支燃烧的蜡烛，以对文学的敬畏，对作品的鉴赏，对作者的真诚，像蜡烛那样燃烧自己，照亮他人。佛家视经为灯，传经即为传灯，生生不息。编辑不必传灯，在万家灯火中，编辑手中的蜡烛并不醒目，但编辑的辛苦、编辑的担当，依然在万家灯火中散发着自己的光亮和温馨。

编辑刊物是个整体的工作，审稿、编稿、排版、设计封面、安排插图，力求作品厚重，装帧精美。一册在手，赏心悦目，所谓成人之美，为他人做嫁衣，就是让嫁出的新娘风光无限，光彩照人。

其实面对作家和作品，编辑有自己内心的纠结和肩头的沉重。编辑要有专业知识，对文学要有敏锐的感知能力，才能有所作为，有所担当。

作家是感性写作，跟着感觉走，人生大义，社会担当，柴米油盐，儿女情长，写人写事，从生活中来，从人物出发，揭示人生的复杂多变，心灵的纠结无奈，以情动人，撼动读者。作家也有局限性，作家的生活范畴、文学修养、把握能力，都束缚着作家的思想张力和艺术表现的能力。编辑用理性审视作品，旁观者清，能客观地审视作品的所长所短，成败得失，识得庐山真面目。特别是对于新人新作，吹沙见金，在粗沙中发现闪光的晶体，在庞杂中发现内在的条理，洞察作品中潜在的价值，避免泥沙俱下，蚌中遗珠。编辑是作者的知音和诤友，尽一份职责和担当，推动作品登堂入室。

作家是个性写作，面对社会人生，有自己的心路历程，有自己的独特体验，书写作品有自己的表现形式和叙述语言，带有鲜明的个性色彩。作家写自己熟悉的生活，有感而发，得心应手，笔下生花；读者选择自己喜欢的作家和作品阅读，易于互动，心领神会，兴趣盎然。作家和读者都有选择的自由。编辑要视野开阔，海纳百川，推波文学的江河湖海，百舸争流。

从某种意义上讲，编辑是个杂家，要有广泛的兴趣和多样的知识。编辑是编书的，要多读书，除了不断地提高文学修养外，有条件的要多涉猎些其他方面的知识，充实头脑，开阔胸襟。编辑可以写作，文章千古事，得失寸心知，对理解作者、编辑作品大有益处。写什么，怎么写，那是身为作者的自由，裁缝出嫁，另当别论，不是这里的话题。

编辑不能代替作家，编辑做的是有米之炊，不能越俎代庖。编辑要读懂作家，读懂作品，重要的是要和作家一样，跟上时代变革的步伐，介入社会生活，思考人生真谛，和作家同步，和读者同步，才能对大千世界、人间万象的变幻感同身受，才能与作家笔下的故事人物灵犀相通，才能为作品奔走鼓呼。

社会在进步，高速发展的科学技术介入文化的传播领域，被冲击的文学期刊面临着如何坚守的挑战。文化生活趋于多元，人们的精神面貌也发生着深刻的变化，新的政治理念，新的生活方式，对人文的关怀和人生价值的再认识，美与丑的冲突，都会反映到作品中来。无论题材的选择，观念的更新，艺术上的探索，都会有新的收获。文学是棵常青树，作为园丁的文学编辑，要保持鲜活的思辨能力，要有新的发现和新的担当，要坚守文学期刊的优势、价值和功能，以满足社会的需求和读者的期待。

编辑是一个特殊的职业，作为作品的第一读者，编辑要比作家客观冷静，比评论家具体琐碎，对待嫁的新娘，不仅量体裁衣，还要梳妆打扮。这里不妄评编辑的功能，更无掠人之美的意思，编辑就是编辑，裁缝就是裁缝，尽其所力，倾其所能而已。

我在《小说林》编辑部做了十几年的文学编辑，有了十几年的学习和历练的机遇，所学所得，所思所想，写下了这些文字。因为是个人的心得，难免狭隘甚至偏颇，作为《小说林》创刊六十周年的纪念，算是一份老编辑交上的答卷吧。

编辑生活回望

20世纪90年代，我从作家协会调回编辑部。这对我来说，是一份情结的归宿。对文学的理解，对文学的钟爱，对文学所尽的微薄之力，都在这里得到释放。尽管编辑工作很清苦，青灯孤影，缝制他人的嫁衣，但在静谧之中，也不乏激情涌动。组稿、编稿、发稿、办笔会、开作品讨论会，在作者和读者中广交朋友，希冀着发现新作者和好作品。每有收获，喜形于色，同仁交流，击掌相庆。那份喜悦无异于自己得一份头彩。同仁们的心力都放在刊物上，如同驾一叶扁舟，在文学的江河里游弋，在这过程中深刻感受到社会变革给文学带来的变化，同样感受到文学创作对社会变革中人物心灵历程的记录。这些记录或惊心动魄，或缠绵悱恻，这些记录在思想解放过程中，常常起着开先河的作用，引起人们的共鸣，引发社会的轰动。一部好的文学作品，会在社会各个角落里，各种人群中传阅、议论、争鸣。文学历来是人类生存状态中，一种可以寄托和信赖的情感表达方式，一直伴随着人类在寻求文明的道路上前行。有充满豪情的高歌，有低吟浅唱的抒怀，不管是绝唱，还是清音，无不慰藉着旅者的心灵，充盈着读者向往的精神家园。

《小说林》（原刊名为《哈尔滨文艺》）作为文学作品的载体，自20世纪50年代创刊以来虽然曾经两度停刊，但始终坚持培养本地作者和繁荣地域文学的方针，经过几代编辑的呵护，已经成为在读者中颇有影响力的期刊。特别是1982年改刊以来，《小说林》一度发行到20多万册，在全国文学期刊界被誉为"四小名旦"之一。刚刚经历了"文革"时期的思想禁锢和文化上的荒芜，就像久旱的田园，渴望雨露的滋润，文学期刊也成了人们争相传阅的读物。编辑部里常有青年作家和热心的读者来访，沏一杯清茶，点一支香烟，侃侃而谈，议论某一位作家，评论某一部作品，有褒有贬，热情洋溢，慷慨激昂，以文学为己任，那情景让人动容。更多的青年拿起笔来写作，编辑部每天都能收到数十甚至上百份稿件，文学之路出现了少有的拥挤与热闹。

进入90年代，中国文学经历了"伤痕""寻根""先锋"等思潮的起落，在社会变革不断深化的推动下，文学开始了自身的反省和定位。随着多元文化的兴起和传媒现代化的进程，文化生活空前活跃，思维空间的活跃和交流方式的扩大，人们有了更多的文化生活和选择，文学作品一枝独秀的现象受到冲击，文学的轰动效应被淡化了。文学期刊的发行量也出现了让人感叹和唏嘘的尴尬。生存和坚守成了编辑们的口号。

作为90年代的文学编辑，我们感受到了文学的热闹与寂寥，同时也感受到了文学的发展与进步，不再轰动的文学作品，其思想性、艺术性有了更为深邃的表现，这时期的文学作品，少了一些对轰动效应的追逐，多了一些思考和创新。作家有了新的思考，读者有了新的期待，文学期刊的竞争也促进了编辑的思变。

90年代的《小说林》经历了文学由热闹到冷静的变化，期刊发行量受多元文化市场的影响开始下滑，面对期刊普及和质量提高、培养本地作者和扩大刊物在全国的影响、市场与生存等问题，确立了办纯文学期刊的方向，保持名刊的地位，努力扩大期刊在全国的影响，以推动本地作家走向全国的宗旨。对期刊进行了全面改革，面向青年作家，发重头作品，并对封面、插图、版式设计进行了全面包装，以厚重大气的全新面貌亮相，取得了良好的效果。同时加强了编辑队伍的建设，编辑多是写作者，他们在各自领域坚持个性写作，取得了骄人的成绩。作为作家，个性写作是应该受到鼓励的，但作为编辑，要求要有胸襟，要客观和包容，切忌以个人偏爱取舍，要不拘一格地选发作品，以保证期刊的质量，以便广泛团结作者，加快本地作者队伍的成长。

由于全体同仁的努力，《小说林》在全国文学期刊发行量普遍下降的形势下，一直居同类期刊的前列。从20世纪80年代起就声名鹊起的《小说林》，其影响远远超出了一个市级刊物定位，每年都有一定数量的作品被权威刊物转载。有的读者反映，一些地方的文学团体，把作者在《小说林》上发表作品作为加入作协和评定职称的条件之一。当然，这种办刊方针也曾引起误解，由于我们编发了一些在全国有影响的当代名家作品，被认为名家作品过多地占据了版面，影响了本地作家作品的发表，偏离了以培养本地作家为主的方向。对此我们做过认真的统计，从统计的数字看，《小说林》这一时期发表的本地作家作品的数量，与以往《小说林》及兄弟刊物发表本地作家作品的比例数大体相当，这种统计结果解除了我们的顾虑，增强了坚持既定方针的信心。

文学期刊的发行量，代表着一个时期社会文化的传播方式和接受方式的变化，高速发展的信息社会对期刊阅读有很大的冲击，社会变革带来的浮躁心态同样对期刊阅读有着消解的影响。但文学期刊发行量的大小，并不代表文学在社会中的定位，更不代表文学的社会价值的高低，不能削弱文学反映社会生活的功能。近年来文学阅读是多数人的需要还是少数人的需要的讨论，似乎并没有切中要害。历史变革带来的冲击是客观的，是不可抗拒的。历史可以演进，文学深刻地反映社会生活的功能也会随着历史的演进而演进。富有生命力的文学有自身的发展规律，外界的热闹也好，寂寥也好，可能会影响到个人的坚守和转移，但不会影响文学的发展与进步。这也是20世纪90年代《小说林》同仁们坚守的信念。

转眼离开编辑岗位已经多年了，回忆往事，内心仍然充满着激情和温馨，先后两次在编辑部工作有十一个年头，几乎占据了我在文联工作一半的时间，频繁的工作调动并没有减弱我对编辑工作的热情。编辑同仁们的同心协力，共同的责任感引发的共同的自豪、喜悦以至烦恼，凝聚成的团体精神，一直是我工作的推动力。就我个人而言，不能说没有缺失和不足，每当看到案头每期已编好的待发作品时，满足之外也会留下一些遗憾。受期刊版面的限制，总会有一些较好的作品不能通过期刊和读者见面，这也是文学期刊编辑经常会遭到的难题。回顾20世纪90年代的编辑生涯，在《小说林》以及她的前身《哈尔滨文艺》几十年的历程中，不过是承上续下的一部分。今天的《小说林》及她的姐妹刊物《诗林》面临着全新的形势和更多的挑战，两刊在新的体制改革中担起更为繁缛的责任。相信就像文学的功能在现代社会不能缺失一样，作为文学载体的期刊，会走出一条新的道路，走向新的坦途。

这是一块红地毯

十五年前，我由一名业余作者转变成一名文学编辑，就和《小说林》结下了不解之缘。其间虽然有过两次工作调动，但大部分时间都在《小说林》供职。在《小说林》工作的这段时间，我经历了文学期刊的潮涌潮落，感悟到社会变革给文学带来的强烈震撼，有喜有忧，有欣慰也有无奈。

我一直认为，文学的繁荣是社会文化和社会文明的标志；纯文学期刊作为严肃文学的承载，是作家走上文坛的红地毯。许多有成就的作家，都是踏着这块红地毯登上文坛，一展身手，创作发表了思想深刻、艺术上乘、影响深远的作品，树立起自己的文学丰碑。纯文学期刊的严肃视角和鲜活的生命力，也促其成为展示社会和人生的窗口。

编织这样的红地毯是应该引以为豪的。

改革开放以来，文化的多元化推动了大众文学兴起，大众文化和大众文学期刊风起云涌，铺天盖地，冲击着市场。视其通俗也好，说其庸俗也罢，它们拥有的市场和读者都是客观存在的，无法回避也无须回避。但有一点应当认识到，纯文学期刊和大众文学期刊的社会功能是不能相互替代的，我们没有理由轻视大众文学期刊的社会功能，但我们有充分的理由珍视文学期刊存在的价值和重要意义。

纯文学期刊如何在市场中运作，一直是主编们的重要课题，议而又议，左冲右突，使出浑身解数，以寻找文学期刊的生存和发展的路。从全国看，有的强化自身的体制改革，向管理要效益；有的以文养文，以副养文；有的搞文企联姻；有的索性改变办刊宗旨，转向大众文学。除了后者的得失不必议论外，前面几种举措各有千秋，也各有艰难。

尽管市场冲击给文学创作带来了一些微妙的影响，为了生存或更好地生活，作家们会对自己的创作做些调整，但严肃文学毕竟有自己的发展规律和生命强力，总体上依然会我行我素，既不会寂寞，也不会落伍于时代。作为严肃文学的载体，为了适应市场，受着各种因素的制约，以文养文、以副养文、文企联姻等，都意味着需要外部力量的扶持。

文学市场与社会的文化素质和文明程度相互制约，也相互促进，有着层次的差别和形式的区别，需要社会宏观的调控。社会主义市场经济对文化和文学市场的调控，虽然不是"养活"，但应该在政策上有所"倾斜"，使其具备进入市场和适应市场的能力。

《小说林》在进入市场经济的艰难跋涉中做了大量工作，在培养本地作者、繁荣文学创作方面做出了应有贡献。今天，《小说林》进行体制改革，肩负重担坚持纯文学方向，实属不易。作为已经离职的老编辑，衷心祝愿《小说林》在新的历史条件下能繁荣发展。

沿着开拓者的足迹

哈尔滨是个多姿多彩的城市，有着独特的风貌和魅力，哈尔滨的文学创作，在改革的涌潮中，不断展示出新的风姿。

我们推出这本集子，意设管中窥豹，向广大读者介绍哈尔滨文学创作十年来的成就。这十年正是我国文学创作养息、发展、崛起的十年，是思索、探求和不断向深层掘进和突破的十年。我们国家政治体制和经济体制改革的大潮激荡猛进，使人们的思维方式、生活方式、行为方式发生了并正在发生着深刻的变革。这些变革历史地反映到文学作品的内容和形式上来，出现了举不胜举，斑斓夺目的思想深邃、内容丰富、形式多样的佳作，引起人们的普遍关注。这十年中，哈尔滨专业和业余作家，与人民同命运，同时代共呼吸，奋笔疾书，创作出一大批揭示人物命运，反映时代风貌的好作品：有大江东去式的澎湃的涨潮声，有小桥流水式的轻吟浅唱，有改革开拓者的傲骨与呐喊，有普通人心灵深处细微的震颤。这一切无不是作家以心灵撞击生活音弦的震颤。

他们的辛勤劳作，把哈尔滨文学创作推向了初步繁荣。

在这支由老中青不同年龄层次作者组成的队伍中，中青年作家显得异常活跃。在贴近生活，把握时代的脉搏，深刻反映改革风貌的报告文学中，蒋巍、贾宏图的作品，以强烈的时代气息，高亢的主旋律，引起较强烈的反响。蒋巍以《大洋的此岸和彼岸》（与贾宏图合作）、《在大时代的弯弓上》、《人生环形道》等作品，连续三次获全国优秀报告文学奖。他们以敏锐的观察力和激情如火的笔端，追逐着时代的脚步，引起全国文学界的注目。青年作家刘国民、何凯旋、王左泓、李蔚、王阿成等，以中、短篇小说见长，他们以不同风格、不同手法，创作出一批在思想上、内容上、形式上都颇见新意的作品。下乡务农、返城做过搬运工人的刘国民，以对生活独特的切身感受，用粗犷的笔触，创作出一系列中篇小说，他善于用扭曲变形的画面，反映人生的真谛。专业作家李汉平、刘子成、孟庆华则多致力于中长篇创作，他们以深厚的生活底蕴、敏锐而真切的感受、细腻娴熟的文字，绘出一幅幅生活的长卷，推进了我市中长篇小说创作。值得一提的是，近几年我市作家共出版了十几部长篇小说，开创了哈尔滨长篇小说创作的空前繁荣局面。

20世纪50年代开始创作生涯，在全国产生过深远影响的五十岁至六十岁的作家中，如丛深、林予、林子等，他们在"文革"中历尽了种种磨难，仍然壮心不已，执着追求，勤奋耕耘，建树十分丰厚。著名戏剧家丛深，担负着文联领导职务，工作十分繁忙，在多年从事话剧和电影剧本创作的同时，另辟蹊径，在小说创作上也进行了实践和探索。著名作家林予，是一位随十万转业官兵开垦北大荒的战士，在"文革"中住过牛棚，蹲过监狱，都没有动摇他对黑土地的眷恋。近年来，他在领导市作家协会工作的同时，与散文家谢树合作，创作出版了长篇小说《有情人难成眷属》。这部作品以浓郁的生活气息、典型的人物刻画、深刻的思想内涵，显示了作家的深厚功力，在我市长篇小说创作中有新的突破。女诗人林子，以爱情诗《给他》蜚声海内外，获全国诗歌创作奖。读她的诗作，诗人的激情，对真善美的执着追求和细腻的情感，深深地拨动着读者的心弦。

老作家支援、王和、陈昊、刘树声，他们辛勤笔耕了半个多世纪，在哈尔滨文坛上洒下了他们的汗水，留下了他们的足迹。他们虽然都已年过花甲，但宝刀不老。我们这里选出的作品，可见他们辛勤劳作的一斑。

长期从事报刊编辑工作、协会工作或其他工作的韩统良、张一、吴学运、巴彦布、尚一、王德、聂振邦、李激扬、李五泉、赵旭忠，在为他人做嫁衣的同时，进行创作实践，不断推出佳作。蒙古族诗人巴彦布近年已经出版了两本洋溢草原气息的诗集。词作家王德，其优美的词章唱遍长城内外，在全国歌曲大赛中多次获奖。我市诗人队伍中，还有一大批颇具才华的年轻人，如孙玉杰、韩兴贵、冯晏、罗凯、王雪莹、何塞、李方元，他们的诗作，给哈尔滨诗坛注入一股清新的生活气息，增添了更加瑰丽的色彩。

这是一本综合性的文学选，我们的意图是明了的，就是尽量较全面地将我市十年来文学创作的全貌展示给读者，使读者在这里领略到不同形式作品的异彩。由于作家的感情经历、艺术追求、人生道路的不同，同一形式的作品，也有不同的内容、不同的表现手法。艺术风格则有的深沉，有的俏丽，有的粗犷，有的隽永。正如有人热爱万紫千红、气候宜人的哈尔滨夏天，有人更爱冰雪装点、琼楼玉阁的哈尔滨冬天一样，读者会在这种选择中，领略不同作品的甘味。由于时间仓促，我们的编辑水平所限，这本选编的集子难免有遗漏和不足，这也有待于读者指正了。

哈尔滨是座新兴的城市，她的发展和崛起还是近百年的事，她的民俗的构成，文化的积淀，都有自己的特点。她的绰约风姿，一直受到世人的瞩目。她经历过曲曲折折的道路，演绎过悲悲喜喜的故事，吹奏过雄雄壮壮的凯歌，是哈尔滨人创造了哈尔滨。和吾土吾民的开拓精神及当代沸腾的改革生活比较，我们的笔还显稚嫩，我们的作品还不尽如人意，我们的队伍还显薄弱。但我们毕竟是拓荒者的后裔，我们身上流着开拓者的血液，当我们面对这一片文学沃土时，我们不仅有勇气去耕耘和播种，我们还有信心去建树更多的丰碑。

当我们选编这本集子时，不能不想起在我市文学事业中做过突出贡献，在"文革"中蒙冤过早去世的一些优秀作家，为此我们特选了戏剧家乌·白辛的一篇散文、诗人朱彩斌的一组短诗，以志纪念。他们是颇有才华的作家和诗人，他们作品中流露出的对生活执着的追求和对创作严谨的态度，至今深深地留在人们的记忆中。乌·白辛的散文，是他生前带领摄制组深入帕米尔高原时，写给电影制片厂的一封信，收入这个集子是第一次公开发表。

曾经的人和故事

　　每一部厚重的文学作品，都是作家苦心经营的一个独立的人文世界。作家通过笔下的鲜活人物和惊心动魄的故事，来揭示对人类生存意义和生命价值的关注和感知。虽然这个世界对读者而言可能因遥远而陌生，甚至和你的生活如同隔世，但一旦走进这个世界，你会感到这里的一切似曾相识，甚至休戚相关，对于这个世界的是是非非感同身受。这就是文学即人学的本真魅力。成功的作品会唤起读者对人类共同命运的思考和感叹。

　　哈尔滨曾是一座构筑复杂而文化多元的城市。

　　20世纪上半叶依然是列强主宰世界，战争解决纷争，利益界定是非的年代。战争、动乱席卷欧亚大陆，搅动着每一个角落，牵连着每一个人的命运。在这个苦难进程中崛起的哈尔滨，既有国际利害冲突，也有经济文化的交融。中东铁路的修建，洞开了这座城市多元文化的门户，大量中外移民涌入这座城市，寻找生息发展的机遇。同时涌入这座城市十数万为躲避战乱的俄罗斯侨民，他们带着忧郁的表情跨过国界，走进这座城市，期盼着把这儿里当成"避风港"。他们在这里固守着自己的文化传统和生活习俗，营造着自己的家园，这里相对宁静的生活环境一度被视为安居者的"天堂"。但历史的波澜依然冲击着这座开放的城市，他国异乡的生活并没有安抚他们不安的灵魂，俄罗斯境内的烽火依然牵动着他们躁动的心境。

小说的故事就是在这一历史背景下展开的。

格林达生活在贝加尔湖旁的一个小村子里，由于战乱，她随父亲索伊特来到哈尔滨。同时来到哈尔滨的还有两个年轻的朋友，布雷和马克西姆。暂时的喘息并没有让两个年轻人安静下来，政治理念上的分歧让两个年轻的朋友选择了分道扬镳。十月革命后布雷加入了白军，马克西姆加入了红军，各自返回到俄罗斯境内两军对垒的战场。

两个朋友的离开让格林达陷入迷茫和痛苦之中，她留恋哈尔滨安逸温馨的生活，不愿意失去两个朝夕相处的朋友，更不愿意他们返回俄罗斯在战场上兵戈相见。她冒着生命危险，在铁路交通时断时续的情况下，只身返回俄罗斯，回到贝加尔湖畔，寻找布雷和马克西姆，决心把他们带回哈尔滨。也许是精诚所至，格林达奇迹般地在战场上见到了布雷和马克西姆。两个为俄罗斯而战的年轻人，虽然幸免于在战火中伤亡，但在三个人团聚的幸福时刻，为了在暴风雪中保护格林达，他们把自己御寒的毛毯加盖在冻昏的格林达身上，他们保护了格林达的生命，两个年轻人却冻死在酷寒的贝加尔湖畔。

失去朋友的格林达内心充满愧疚和绝望，残酷的现实让她失去了活下去的勇气。格林达返回哈尔滨，准备在接受神父的洗礼后，去天堂与父亲和两个朋友重逢……

小说以少女格林达的命运为主线，塑造了一系列俄侨人物形象。作家笔墨酣畅，故事情节生动，人物个性鲜明，再现了旅居哈尔滨俄侨群体生活真实图景。无论是格林达、布雷、马克西姆、小马车夫阿廖沙，还是老一代的索伊特、梅列霍夫、阿列娜、洛丽娅、列宾，他们的政治理念、宗教信仰、对爱情的信念、对幸福生活的向往，无不打上那个动荡年代在他们身上留下的深深烙印。他们生活在这座城市里，不仅保留着他们传统的文化和生活习俗，还坚守着笃信的宗教生活，庄严的教堂钟声，神圣的东正教洗礼，神秘的西伯利亚古老部族的"跑冰"遗风，在作家笔下凝聚成一幅幅浓笔重彩、可视可觉的多元文化城市历史画卷，呈现出这个城市宽厚包容的站立姿态。

文学的使命是关注人在社会生活中的命运，探求和表现个体生命的价值和生存理念。作家在小说中客观地再现了大历史的风云，更多的笔墨倾注在被历史风云驱赶的不幸人物的命运上。他们躲避战乱，离乡背井，依然坚守着精神上的家园，他们追求幸福，向往光明，渴望在这个可以栖身的城市里过上和平宁静的生活。但命运弄人，这些在历史风暴边缘挣扎和行走的小人物，只能回归到逼仄的空间里，在普通人之间抱团取暖中才能寄存不幸的躯体和不安的灵魂。社会与人或人与社会的关系，是个难解的试题，也是作家在人文关怀中苦苦追寻而难以释怀的情结。小说中格林达的最后归宿，正是作家对普通人物命运的无奈中寄予的希望。

尚志发先生是我数十年的老朋友，从文艺青年时代即有甚密的交往，对彼此为人做事称得上了如指掌。在当今多变的社会环境中，他特立独行的人生阅历多彩而丰富。他当过兵，在企业工作过，办过函授大学，编辑过《人间》文学期刊，在出版局工作时又毅然放弃铁饭碗，辞去公职做了所谓自由撰稿人，是早期脱离体制寻求个人发展的作家。

这一切源于他对文学的钟爱和执着。

像所有执笔写作的人一样，他喜欢读书、买书、藏书。他兴趣广泛，视野开阔，思想敏锐，勤于思考，有独立的见解。相比之下，我这个好读书不求甚解的人，在他面前受到不少的启示。我们之间也常有争辩，但从来没有影响我们之间的友谊。他写作勤奋，涉猎面广，写小说、散文、随笔，写舞台剧、歌剧，考据地方文化和历史遗迹。当作家并不是什么浪漫的职业，人间烟火，柴米油盐，一样不能少。为了生存，他也写与市场结合的电视剧，而且收获颇丰，影响也很大，日子过得也算滋润。

尚志发先生最新创作的这部长篇力作，读后给我的第一印象是，他的写作探索和对现实与历史的思考，为我们营造了一个独立的人文世界。这个独立的人文世界与我们这座城市休戚相关，是我们这座城市曾经的过往，是这座城市斑斓色彩的一部分。尽管人类文明进程发展到今天，这个世界仍然需要区分彼此和你我，有着国家和民族的界线，但人类共同的梦想让我们的回顾百感交集。普通人所需生存和发展的空间并不奢侈，但历史的进程往往忽略了这普世的需求。小说有着不可替代的悦阅功能，我愿意向读者推荐这部小说及小说中的人物和故事。尽管有时间和民族的隔阂，但人同此心，心同此理，交流起来不会有多少障碍。何况这座城市的大街小巷，至今还留下许多过往的遗迹。

走进这个故事，你会对这座城市有更多的了解。

一幅城市移民的画卷

孔繁晶是相识相知多年的老朋友。我们从做文学青年时，就因为共同的爱好而交往。他写小说、诗歌，后来调入市戏剧创作评论室，成为专业编剧，时有作品问世。近来又推出这部反映哈尔滨早期社会风情的长篇小说，读来令人兴奋，我深为老朋友笔耕不辍的精神感动。

哈尔滨是一座有着多元文化的移民城市，它的崛起和繁荣，留下中国近代史上种种印痕，有温馨，也有伤痛。东北是清王朝的发祥地，一直是清王朝未能开垦的绿地，长时间的禁止大规模开发，造成政治上经济上的冬眠区。近代被列强诸国打开国门后，这里成了列强垂涎的沃土。首先是沙皇俄国和日本，凭着近水楼台的便利，把手伸向中国的东北，开始在这片土地进行明争暗夺的侵略。无奈的清政府步步退让，穷于应对，敞开了日俄势力在东北角逐的大门。

哈尔滨就是在这种背景下崛起的，借着中东铁路在这里设立大型枢纽站，迅速发展成一座新兴的城市。众所周知，沙俄是怀有在东北建立"黄色俄罗斯"的野心的。但历史的演进打破了沙俄的梦想。这座城市的主人，以自己的汗水和智慧，开荒破土，迅速营建起一座交通发达、商贸繁荣的新兴城市。哈尔滨也成了移民向往的福地。从国内外涌来的移民沿着铁路线，走进这座城市驻足立业，寻求生存和发展的机会，成为这座城市的和平居民。

孔繁晶的小说，并没有把笔墨集中到城市的历史风云上。他关注走进这座城市的普通人的命运，写他们颠沛流离的生活和寻求安定的愿望。塑造了一群不同国籍，不同民族，不同理想，抱着不同目的来到这里的移民形象。在这些移民中，有闯关东的外省人，有境外来的移民，他们中有投资创业者，有政治流亡者，有逃避战火、寻求太平的普通民众。他们把这座城市视为避风港，得以栖身。他们有不同的宗教信仰，不同的文化背景，不同的生活理念，不同的风俗习惯。这些不同使得侨民和当地人之间有隔阂，有冲突，但人类生存的本质和善良的胸怀在这里得以认同和释放。在这座包容的城市里，大家交织在一起，背负着历史风云在他们身上投下的阴影，把生生息息的命运联系在一起，互动交流，冲撞融合，形成了一座城市特有的人文景观。这里暂时的和平与宁静让他们迷恋，他们开始把这里视为第二故乡。

政治风云有时会改变大众的命运。但大众的人生遵循着本能生存的法则，乐观、坚忍、和睦、图强。他们在历史的漩涡中寻找自己生存和发展的空间。他们互相依赖，互相影响，在冲突和包容中，改变别人也改变自己，演绎出街巷间一个个色彩鲜亮的人间故事，构画出一幅幅移民城市早期的风俗人情画卷。

　　小说语言娴熟老到，流畅中带着沉郁的生活色彩，孔繁晶笔下的人物，以鲜明的个性走进故事里，言谈笑语举手投足，彰显着热情与坚韧、温馨与智慧。

　　这是一座城市曾经的写真，也是一个民族的包容。作者怀着对故乡城市的深情描绘了一幅以往城市的风情画。这里包含着作者对城市历史的思考与认知，也包含着作者对吾乡热土的拳拳之心。书中伊琳娜·阿赫金娜得到荣连贵救助，免去冻馁之苦，却在不经意间，潜移默化地开启了三太太心智，改变了她的生活。这是全书的要揆，从而提高了作品的审美价值。

心灵与艺术的沟通

　　杨守本的油画，色彩明快，笔意灵秀，整体画面不失凝重、深邃。画家笔下的自然风光、人文建筑，在色与光之间张扬的生命活力，展示出画家对艺术的不断探索和追求。

　　杨守本先生是个跋涉者，五十年来不惜汗水在油画领域里耕耘，铢积寸累地营造着个人的艺术殿堂，取得了丰厚的成果，推出了一批批不同风格、不同题材的作品，引起了社会与美术界的广泛关注。

　　这次欧洲之旅油画作品，是杨守本先生推出的又一批力作。

　　欧洲是油画艺术的故乡，在那里可以欣赏到不同历史时期大师们的代表作品，无论是置身于艺术博物馆，还是徜徉在城市街头，犹如走进欧洲艺术史的长廊，有传统的经典，也有对既往的反叛，欧洲历史与文明的发展及在艺术领域里的影响得以充分展示。欧洲之旅让画家对油画艺术的积累和发展有了更深层的思考，这些感悟也都融入他的绘画作品里。

这里展示的作品，有古堡，有教堂，有市政建筑，也有自然风光。城市建筑有世俗的审美，有宗教的庄严，有权力和意志的象征，它们身上雕满历史与文化的符号。这些作品，用灵动的色彩语言，描绘出景物的丰厚意境。不仅给我们带来了异城风情，也展示了欧洲人在他们生存的土地上，营造出的历史与文明的纪念碑。画家与被描绘的事物是互动的，更多的是画家对写生对象的个人解读和赋予的新的生命活力，是艺术的蜕蜕和再生。

　　走万里路，无论是做学问，还是搞艺术，都是不可或缺的拓展之路。这一册旅欧写生画集，在构图立意和色彩运用上，都显现出画家在绘画实践中，不断求索的精神和新的成果。这批风景画在立意构图上，有着很强的视觉冲击效果。或写实的小品，或恢宏的全景图，突破了景物自身的局限，选择了独特的艺术视觉和表现方法，再现了景物独有的魅力。风景画的构图，最终反映的是画家的胸襟，是长期对事物观察和积累的成果。在色彩运用上，画家深受法国印象派影响，画面响亮，光彩夺目，将自然的客观色彩，融入他的内心情感，塑造出独特的艺术氛围，取得不俗的艺术效果，画出了他自己对欧洲的印象。

　　我们在这里看到了画家心灵与艺术的沟通。

在万籁中寻觅

在美术界的朋友中，王向群先生是忙于行政事务和教学工作的人，繁忙中很少看到他的画作，当他推出这一批佳作，准备出版画集时，让我眼前一亮。一幅幅多彩的油画作品，有风景，有人物，东北山林、江南水乡、城市风情，自然与人文的交融，具象与抽象的探索。在这些作品中，让读者看到一个画家勤奋的身影和独有的艺术风格。曾就读于哈尔滨艺术学院美术系的王向群先生，从没有放弃艺术上的追求，何况王向群先生从事的都是与美术有关的工作，美术创作仍然是他难以割舍的情结，以心相许，不离不弃，眼前这些作品正是他不倦的艺术追求和努力创作的丰硕成果。

王向群先生的风景画，力求艺术地再现生活，再现大自然的生命之美。面对大自然的景物，画家没有恣意地宣泄，也没有拘谨地描摹，而是抓住人物与景物的特质，运用艺术家内心的感悟，努力去表现大地的丰厚、自然的色彩、人文的内涵，焕发出万物的灵秀与神奇。

王向群先生的风景画变化丰富，构图严谨，层次鲜明。布局的完整，色彩的凝重，使画面充实明快，意境深邃，并留下充分的想象空间，其画多以"静"为主体，以静态的意境去反映动态世界，林木的交错，溪水的空灵，色与光的交替，使景物在静谧中焕发着蓬勃生机。王向群先生的人物面，多在生活细节中表现人物的主导地位，特别是在少数民族题材作品中，注意人物与环境的互动关系，使作品充满地域色彩和生活气息，把读者带入一个独特而富有生活气息的画境中。

心有多远，艺有多深，艺术家的创作过程，是一个不断寻觅的过程，寻觅更丰富的创作内容和更新的表现形式，力求在探索和创新方面有新的突破，用新的内容和新的形式去表现对艺术的感悟，并在实践中有所收获。王向群先生在坚持传统与写实的同时，抽丝剥茧，尝试用抽象的形式去表现事物的本质，用色彩和线条来丰富作品的寓意，拨动读者的想象力和欣赏情趣，其《光阴》《生命之源》等作品，正是这种不断上下求索的结晶。

王向群先生的画集，记录了画家辛勤跋涉的足迹，厚重的作品展示着画家累累的成果，在艺术道路上的追求是无止境的，期待着王向群先生创作更多更好的作品，让色彩争艳，让艺苑生辉。

苦乐之境千重

　　我和李进良先生交往不多，他的画室设在太阳岛上，一年四季，风雨无阻，或渡船，或踏冰，每天往返于松花江两岸，都从我家门前路过，我们常有谋面的机会，但来去匆匆难得长谈。这次应邀去他的画室，几间画室的墙上地上到处陈列着他的画作，山川草木，赤橙黄绿，气象万千，称得上琳琅满目，流连其间，视觉受到强烈的冲击。欣赏之余，对他的创作有了较为深刻的感受。

　　李进良先生的油画作品，强调用光和色彩语言描绘景物外在的神韵，张扬自然生命的活力，用朦胧的美去揭示景物本质精神，抒发艺术家面对大自然和人文景观唤起的情感冲动和心灵感悟。绘画作品是艺术家思辨的结晶和精神的升华，客观景物是多元的，其形体和色彩是变化的，艺术家画笔下的作品注入的是更多的主观审美意念，运用自己的艺术观，创作个体和个性的作品，去丰富艺苑的斑斓色彩。

李进良先生的作品并不特别强调造型和素描的功能，而是把景物的具象隐约在光和色彩的背后，用突显的光和色彩效果，来突出景物的神态和韵味，用来感染读者，引发读者的想象和共鸣。中国画传统的写意作品，求其形似，意在传神。古今中外的艺术作品，都存在着有意和无意的互动和包容。李进良先生用畅快淋漓的色彩构成画面的意境，起到言在不言中的艺术效果。

画家艺术上的探索是创作的动力，需要智慧，也需要勇气，任何形式上的探索总是会有波折和风险。李进良先生选择了一条甘于寂寞的创作之路，苦于此，乐于此，执着前行，坚持不懈，营造出一个独立的艺术天地。李进良先生的风景画，写作与创作融为一体，用色厚重，构图大气，画面灵动。欣赏李进良先生的画，强烈的色彩和深邃的意境给人一种生命勃发和想象悠远的感受。

李进良先生多年耕耘在自己的艺术天地里，结下令人瞩目的成果。在陈列的系列作品中，有部分是在外地写生的收获，更多的是手执画笔，巡游于太阳岛上，春夏秋冬，日复一日，观察体验岛上的风光，潜心解读一座城市的历史风情。探索着阳光、阴云、冰雪、树木、建筑，不同的光线、不同的视角留下的痕迹，雕刻在记忆中，创作出只有北方才有的大自然风光和人文景观。

艺海无涯，跋涉中的艺术家身影是孤单的，艺术家情感的缠绵和创作力的迸发让独行者步伐矫健，心无旁骛。探索者的目光投向前方，脚步永远走在路上，踏出坚实的脚印，积累着辛劳的硕果。

路多远，走多远，期待着进良先生有更多的收获。

生命里的春天

　　这是一个多姿多彩的美展，是艺术的硕果，也是人生的足迹。建于1958年的哈尔滨艺术学院，曾是一座师资雄厚、人才济济的学府，是当年青年学子们向往的艺术殿堂。他们带着梦想从这里登堂入室，走上坚实的艺术人生之路。

　　半个世纪以来，社会变革，世事沧桑，当年走出校门、走上社会的哈尔滨艺术学院美术系（含附中）的师生们，历尽风雨坎坷，在生活中历练，看潮起潮落，在艺海中跋涉，砥砺前行。在实践中潜心追寻艺术的真谛，由青丝到华发，咬定青山不放松，硕果累累，在美术领域各有骄人的建树，始终保持着旺盛的创作激情。今天，这些经历了岁月洗礼和厚重积淀的艺术家朋友，怀着对艺术和母校的拳拳之心，举办了这一艺术与人生的回顾展，这些作品虽然只是他们成就的一斑，我们看到的仍然是耀眼的春光春色。

作品是厚重的，抒胸臆，蕴神奇，有对历史的记忆，有对生命的咏叹，自然万物，人文情怀，色与光的交融，点与线的演绎，艺术的再现与张扬，升华了人生的意境。虽是同出师门的集体亮相，不同的艺术形式，不同的作品风格，鲜明的艺术个性，荟萃于此，大气与粗犷，细腻与隽秀，经历心境与艺境的磨砺，这些作品无不带有洗去铅华的凝重。艺无止境的追求，日臻成熟的创新精神，让我们看到了艺术生命永远的活力。

　　有人说过，一个人一生只能做一件事，这话听起来偏颇，细细想来自有它的哲理，其实做好一件事谈何容易。艺术家是可敬的，他们的才华与执着，让生命精彩，让艺苑色彩斑斓。

　　看此画展，我为这些艺术家朋友们喝彩。

生活琐记

父亲的乡情

　　在我的记忆中，父亲是威严的，平日里不苟言笑，我们都有点怕他。父亲每天忙于生意，很少有娱乐活动，家里有一台手摇上弦的唱机和高高一摞的百代公司的唱片，这便是他唯一的消遣。偶有闲暇，父亲便把自己关在别人轻易不能进入的房间里听唱片。他爱听京剧，有时还会哼唱几句：青是山绿是水花花世界……后来我才知道，这是京剧《武家坡》中薛平贵唱的一段西皮原板，是薛平贵衣锦还乡感慨万千时的一个唱段。父亲的唱腔未必是原汁原味的京腔京韵，但他唱得很投入，闭着眼睛，用手指敲着桌面，陶醉其中。那时我对父亲的京剧和他的"花花世界"没有半点兴趣，倒是母亲带我去戏园子看的《小放牛》《锔大缸》对我更有吸引力。父亲经常挂在嘴边的这几句"青山绿水"，也许正代表着他内心深处绵绵不断的乡情吧。

　　父亲青年时代闯关东来到哈尔滨，从学徒做起，吃了不少苦头，奋斗了几十年，在这个新崛起的城市里得以生存发展、成家立业、繁衍子孙。但他和许多第一代移民一样，始终放不下思乡的情结，忘不了他根植的土地。很多第一代移民，他们在哈尔滨这座城市里挣扎、奋斗，把汗水洒在这里，把希望播种在这里，但他们仍然像漂浮的荷叶，扎不下根来，把自己当成匆匆的过客。即使生前不能回归故里，死后也要落叶归根。我的祖父、祖母，还有外祖母，都是故去后由父亲安排雇马车，于隆冬季节长途跋涉，把他们的灵柩运回故里入土为安的。而父亲一生都在做着回乡的准备，尽管这座城市里有他的事业、家庭，还有几个早已把他乡视为故乡的子女，但他仍然忘不了那片世代相传的土地。

也许是农耕社会在父亲身上留下的印记太深，父亲一生都没有忘记自己是一个农民。

20世纪50年代初，父亲年纪大了，儿女都已长大成人，年近花甲的父亲又萌生了弃商归田的念头。已经成家立业和有了工作的哥哥姐姐自然不肯跟他回去，父亲便打点行李，带上母亲和刚上小学的我，踏上了回乡的路程。故乡是一个只有三十几户人家的小村落，意气风发的父亲盖了新房，从叔叔那里分了几亩地，一心一意过起日出而作、日落而息的农夫生活。父亲不是文人，没有陶渊明那种"采菊东篱下，悠然见南山"的雅兴，但父亲的农耕生活依然过得闲适自得，房前屋后，植树种花，养鸡养鸭，很快就营造出他向往已久的"花花世界"。"归去来兮"的父亲似乎圆了自己思乡的梦，池塘垂柳红枣槐花，故乡的自然风光虽然安抚了父亲操劳半生的浮躁心境，但"少小离家老大回，乡音未改鬓毛衰"，十几岁就离乡背井出去闯荡天下的父亲，早已把农事荒废，加上年纪大了，尽管每天煞有介事地去田间劳作，不过已经力不从心了。"种豆南山下，草盛豆苗稀"，父亲的一些乖张行为渐渐成了乡亲们的笑谈。一些繁重的农活，也不得不请人来做了。一心归隐田园的父亲不得不承认自己的失败，大约坚持了三年的光景，随着农村合作化运动的兴起，父亲又带着母亲和我悻悻地回到城市。

三年困难时期，大家都吃不饱肚子，艰难之中，不安分的父亲又泛起思乡的情结，故乡成了他人生的依托，累了想它，难了想它，始终难以割舍。父亲认定灾荒之年乡下的日子会比城里好过，冥冥之中，故乡似乎正在向他召唤：回来吧，回来吧！古稀之年的父亲不顾家人的反对和亲友的劝阻，决意只身返乡去度荒年。家里人无奈，只好为他做些必要的生活准备，并千叮咛万嘱咐地送他上路。

父亲走的那天晚上，我背上他那简单的行囊，去火车站为他送行。困难时期，一切秩序都被打乱，火车车厢里冰冷、嘈杂、拥挤、空气混浊，父亲孤零零地坐在他的位子上。我突然发现父亲老了，在我眼里一向是强者的父亲看上去目光黯淡，流露出来的是孤寂和茫然。父亲已不再是当年那个风光威严的中年男人，一种惜别之情涌上心头，我鼻子一酸，眼泪流了下来。我努力克制着自己的情绪，不想影响父亲的心情。我犹豫着是否陪父亲坐一站地再回家，父亲似乎猜透了我的心事，他望了我一眼，挥挥手说："我没事，你回去，好好上学。"

火车鸣叫着徐徐开出站台，带着父亲和他的思乡梦走了。

父亲离别时的音容久久留在我的脑海里，想起来就会让我感到心痛。不久我就接到父亲突然去世的消息，没想到一次惜别竟成了永别。长眠于故乡土地上的父亲终于圆了他落叶归根的梦，我想他可以安息了吧！那年父亲71岁，我还在读书，就是说在经济上我一直没有回报过父亲。

下馆子

　　一生特立独行的父亲很少和子女交流，更难得亲近。我在家中是最小的孩子，算是得宠的，也很少有机会和父亲在一起。回想起来，小时候和父亲在一起最多的时间是去洗澡。父亲每次洗澡都带上我，我也乐得和他出门，只要父亲一声召唤，我便像个尾巴似的乐颠颠地跟在他的身后，雀跃不止。其实洗澡对我并不重要，重要的是每次去洗澡的路上都要下馆子，美美地吃上一顿。

　　那时的京剧院，人们还习惯称中央舞台。中央舞台附近，鳞次栉比的都是饭馆子和鲜货店、杂货店，门前挂着各式各样的幌子和招牌，街面上熙来攘往，十分热闹。去澡堂的路上，父亲总是在这里选一家馆子，父亲好酒，每餐都要一壶酒品咂，我坐在一旁虽有点拘谨，但会毫不犹豫地大吃美味佳肴。酒后的父亲会多几分亲情，牵上我的手一路走去。洗澡不过是个程序，如何如何，倒没有留下什么深刻印象。

　　后来家境发生了些变化，经济上渐渐不支，洗澡照洗，下馆子的内容越来越简化了。父亲不再经常喝酒，有的时候父子俩坐到馆子里只要两屉蒸饺，匆匆吃完填饱肚子了事。有一次去洗澡，也许是手头拮据，路过常去的饭馆子门前时，父亲有些犹豫，不谙世事的我先是放慢了脚步，后来索性停了下来。走过去的父亲回过头，望着我皱了皱眉头，最后还是回身将我领进了饭馆子。饭馆子的伙计和父亲很熟，忙上前招呼让座倒茶，父亲有些尴尬，一边落座一边零乱地说着忙和不饿之类的话，只要了一屉蒸饺。伙计倒也不减热情，唱着一屉蒸饺扔给后灶，忙着招待别的客人去了。在等蒸饺的过程中，父亲显得局促不安。当时饭馆子有一种带油盐的千层蒸笼，价格便宜而且不用等。父亲喊过伙计，要了一个蒸笼，在伙计面前，父亲为了免除窘困，说这蒸笼不常吃，故意让我也吃一点，品尝新鲜。我把目光移开，嘴里说着不饿，心里头急盼着蒸饺快点出屉端上来。那一顿馆子，自然是父亲"尝鲜"吃了一个蒸笼，我吃了一屉蒸饺。父亲是极要面子的，每次下馆子都要付小账，就是这次窘迫的小吃也不例外，伙计过来结账时，父亲将一张钞票放到桌面上，然后挥挥手表示不用找了。出了饭馆子，父亲并没有带我去洗澡，而是径直回了家，原来那是父亲身上唯一的钞票，已经用完了。

再后来父亲带我去洗澡，很少光顾饭馆了，作为补偿，在去洗澡的路上为我买一串糖葫芦。父亲常引以为憾，私下里对母亲说这几年委屈了孩子。其实小孩子并无多大欲望，能手里拿着一串糖葫芦，跟在父亲后边，也很满足了。

人之初

　　母亲生我时大病一场，请医生、开处方，多方治疗，略有好转，我又开始生病，家里人又忙着给我治病，等我的病好了，母亲那边又不行了，母子俩轮流"坐庄"，几经反复家人已束手无策。有病乱投医，忙乱中想起请人算命，算命先生说我命硬克母，家里人虽不尽相信，但几经折腾，眼看着母亲的病情越来越重，据说寿衣都准备好了，于是不得不把算命先生的话当回事。情急之中，有人出主意将我这个"命硬的克星"送人，以保全母亲的性命。

　　病重的母亲躺在床上，自然无力顾及这件事。父亲为了母亲的健康，觉得丢卒保车的办法不失为一策。我上边已经有两个哥哥和两个姐姐，相比我这个"克星"来说，自然是保全母亲的性命更重要。父亲点了头，要孩子的人家也找好了，是个家境不错的人家，有钱还有点势力，就是没有儿子继承香火。介绍人再三强调，把孩子送给这样的人家绝不会受委屈的。已经没了主意的父亲只是频频点头应允。要孩子的人家也来看过了，觉得还满意，为了表示诚意，还送来了一些小孩子用的衣物，并选好了来抱孩子的吉日，事情就这么定了下来。

接下来的日子家里人松了一口气，似乎看到了母亲康复的希望。但与此同时，家庭成员中也萌生出一种失落情绪，尚未成年的哥哥姐姐们知道我将被送人，不时地围着我转。住在我家的外祖母更是整日把我抱在怀里不肯放下，就连一向不大管孩子的父亲，也忙里偷闲过来抱抱我。我想他们一定把我当成出塞的王昭君和西嫁的文成公主了。我被送走，虽然担负的不是国家安危和民族团结的大义，但母亲的健康无疑是全家人的福音。只是襁褓中的我，对于自身担负的道义浑然不觉。

随着我被送走的吉日的临近，家里开始笼罩着"风萧萧兮易水寒"的悲怆气氛，大家心照不宣，特别是在母亲面前，都回避着我被送走的话题。日子一天天临近，骨肉分别的情绪也越来越浓重。终于，那家人来抱孩子了，正在家里人手足无措的时候，外祖母站了出来，把我紧紧地抱在怀里不让来人抱走。外祖母说："这孩子谁也不给，我来养活他，我把他带回老家去，他命硬让他克我，我不怕。"一向为人平和的外祖母态度十分坚决，丝毫没有商量的余地，来抱孩子的人家虽然不高兴，但也无可奈何。就这样我被留了下来。

外祖母的这一举动让家人和亲友们既感意外，又深感钦佩。外祖母是乡下女人，不可能不迷信，母亲又是她的亲生骨肉，对于女儿的生死不可能不牵肠挂肚、刻骨铭心。她做出这样的选择，不知道她内心会承受着怎样的艰难和沉重。

可惜我记事的时候，外祖母已经过世。

我终于被家人留了下来，母亲也没有被我这个"命硬"的儿子"克"死，经多方治疗，最终脱离了危险。但从此母亲的健康大不如从前，落下了一身的病。在我的记忆中，母亲一直沉疴在身，经常忍受着疾病的折磨，她也从来没有向我提及所谓命硬克母的事情。

母亲第一次向我讲述外祖母的故事，已经是若干年以后的事了。

那天母亲带我去极乐寺墓地，为埋在那里的外祖母上坟。深秋季节，空旷的墓地里一个坟丘连着一个坟丘，中间踏出的小路弯弯曲曲，荒凉寂静，只有近处浮屠塔上的铜铃在秋风的摇曳中发出清脆的响声，成群的乌鸦从大墙外的树林里飞起来，在空中盘旋着，又扑棱着向另外一片树林里落去。枝头摇曳着，不时地传出乌鸦恐怖的叫声，更衬出墓地的静谧。这一场景深深地留在我的记忆中，至今想起来还记忆犹新。就在墓地边的长椅上，母亲向我讲述了外祖母的故事，母亲说："要不是姥姥，你早就不是我们家的人了。"尚处在懵懂年龄的我，只觉得离开母亲是件可怕的事情，对于母亲和外祖母当时的心境，自然是懵懵懂懂，没有切身的体会。

随着年龄的增长、阅历的增加，看过了太多好人和坏人的故事，开始懂得世事的艰辛和人心的叵测，不再懵懂，多了些世故。我也猜度过外祖母当时的心境，坚毅、博爱、大度、有见解，甚至也猜度过外祖母寄人篱下，那样做也许是为了讨好我的父亲……阅历真是个可怕的东西，它让人变得庸俗小气，甚至险恶。连我这个沐浴过外祖母恩泽的小子，竟然也生出如此狭隘的小心眼，想想自己也觉得汗颜，有点对不起九泉之下的老人家。也许外祖母当时的想法是单纯的，她老人家仅仅是出于对一个小生命的亲情和怜爱。人之初是单纯的，面对复杂多变而充满猜疑的世界，单纯也许是最有力的人生支柱。

手表的故事

　　我是在严父慈母的家庭环境中长大的。和父亲的严厉比，母亲性格安详，为人随和，更容易成为子女感情上的依赖。在母亲身边，我们是可以随意撒娇和任性的，一些要求也极容易得到满足。母亲在亲友和邻居之间，也有极好的口碑，亲友之间和人情往来，往往由母亲做主。母亲总是小心翼翼，唯恐有失当之处，让人家挑剔。对于亲友之间的求助，只要条件允许，母亲从来不拒绝，这与一向过分强调做人要自立自强的父亲时有冲突。父亲不知从哪里引来"洋标准"，说孩子到了十八岁就应该自力更生。对自己的子女尚且如此，对于他人的求助，父亲就更加不以为然了。好在父亲并不太在意家庭经济上的开销，这使母亲很容易变通。而乐意帮助别人的母亲，从来不会积攒私房钱。晚年生活拮据时，母亲常常感叹："连几块好衣料都没有给你们留下。"当然，我们这些"长在红旗下"的子女，没有人把母亲的遗憾放在心上。

　　性格随和的母亲，在教育子女上仍然有自己的原则，有一件小事至今留在我的记忆中，是关于一块手表的故事。

手表对于现代人来说，不算什么奢侈品，在日常生活中占的地位也微不足道。在20世纪60年代，手表却是老百姓必备的"三大件"之一，算得上是贵重财产。

二姐工作早，戴上了手表，有一次她上班把手表遗忘在家里，我出于好奇，便拿来戴在手上。我和许多少年一样，爱美，有虚荣心，戴着手表在屋子里走来走去，有点意犹未尽，便想戴着手表到同学中间张扬一下，便把衣袖挽得高高的，走出家门。上学的路上，那份感觉果然不错，手腕上沉甸甸的，脚步格外轻松有力。走路时我总是有意无意地抬起手腕瞥上一眼，但环顾行人，并没有发现谁对一个戴表少年给予特别的关注，不免有些失落。

到了学校，当同学们知道我是戴姐姐的手表来上学时，并没有多少人投来羡慕的目光，几个刻薄的家伙还冷言冷语地说些风凉话，让我大失所望。不过那天还是有几个同学跑过来问我时间，让我的虚荣心多少得到了一些满足。

回到家里才发现自己闯了祸，二姐在家里没有发现手表，误以为丢了，正急得团团转。那年月丢了一块手表十分了得，所以，当我得意地走进家门，将手表展示给母亲和姐姐看时，立刻受到了母亲的指责。

在我的记忆里，母亲从来没有高声斥责过儿女，在严厉的父亲面前，母亲从来都是充当保护神的角色，在亲戚朋友左邻右舍之间，也从来没有发生过什么冲突。这是母亲第一次也是唯一一次对我如此严厉，母亲指责我小小年纪不该贪恋这么贵重的东西，更不该不经同意就将手表带出家门，并告诫我这样做会影响我的成长。显然，母亲把这件事看得严重了。我自然不理解母亲的良苦用心，受到母亲的责备，这一天的得意瞬间转化成冷水，迎头浇了下来，凝成一肚子委屈。对于母亲的教诲，我自然是嫌她啰唆，而母亲为这不得已的严厉，内心深处也承受着伤痛。为这件事，那天我们母子俩都流下了伤心的泪水。

那时父亲已经去世，我们母子俩相依为命，家里早已没有了积蓄，生活上靠哥哥姐姐的资助。他们都靠工资过日子，生活上也不富裕。那时我已迷上我的"文学梦"，中学毕业后就放弃了升学的打算，决心去读"社会大学"，像父亲所说的过自食其力的生活。参加工作后，除了偶尔买一两本书，每月我都把微薄的工资交给母亲做家用。母亲很节俭，竟省吃俭用地积攒了一笔钱，要为我买手表。我那时对手表已经没有兴趣，何况多病的母亲攒点钱也不容易。当年物资匮乏，买"三大件"要凭票，我借口要"手表票"不容易，需要去求人走后门很麻烦，婉拒了母亲的好意。母亲说："你当初就喜欢手表，现在工作了上下班也需要看时间，应该买块手表了。"母亲的一席话让我一震，才想起当年为戴手表惹母亲生气的事。流逝的岁月，早已融化了少年时代可笑又可爱的虚荣心，我早已把手表的事和由手表引起的不快忘掉了，细心的母亲却一直记挂在心头。一向对自己的物质生活毫无奢望的母亲，却时刻想着圆儿子一个手表梦，或许，只有做母亲的才有这份细腻的情感和宽容的胸怀吧。

事情已经过去多年了，我自己的儿女都已经长大成人了，我也充分体会了做父母的辛劳。我腕上的手表不知道换了多少块了，这些年在事业上没有做出让去世的母亲感到欣慰的成就，但可以告慰母亲的是，我在时间上从来不敢懈怠，监督我的便是腕上的手表了。

大姐

　　大姐的婚姻曾是母亲的遗憾，母亲讲起来时常常感叹，责备自己当年没有主意，让大姐受了不少委屈。据母亲讲，大姐订婚时比较仓促，姐夫是再婚，有一个襁褓中的女儿，闺中待嫁的大姐没有理由去嫁一个再婚的男人。当时父亲不在家，正值解放战争期间，时局不稳，忙于做生意的父亲被困在长春，渺无音讯，家里人惶恐不安。母亲没有了主心骨，更是六神无主。媒人就是在这个时候上门的，所谓"媒婆的嘴，邮差的腿"，是说他们都有一定的职业专长，经媒人再三游说，母亲也没有了主意。母亲怕大姐受委屈，便同大姐商量。大姐是传统女性，也许是怕母亲为难，也许是女人天性善良，就答应下来。好在父亲回来后也没有反对，这门婚事就定了，母亲当时悬着的心也放了下来。

　　当时大姐的婆家做着小本生意，生活上也算殷实。姐夫是个厚道人，大姐嫁过去后，伺候公婆，照料小叔子，抚养姐夫前妻留下的女儿。在家过惯了优裕生活的大姐，一下子担负起这份重担，难免显得有些力不从心。大姐像许多传统女性一样，任劳任

251

怨地尽着贤妻良母的本分，虽然辛劳些，一家人的日子过得也还算温馨、祥和。

时光如梭，岁月如织，日复一日的生活积下重重年轮。大姐婚后先后生下五个女儿，加上继女，共六个千金。公婆年纪大了，丧失了劳动力，一个十余口人的大家庭，全靠做职员的姐夫一个人的微薄工薪度日。孩子上学，老人看病，加上日常开销，柴米油盐酱醋茶，家务负担越来越重，经济上也日见拮据。

身体疲弱、常年有病的婆婆去世后，正值壮年的姐夫又因为意外瘫痪在床，一躺就是十年，家里大事小事全都压在大姐身上。

大姐的闺中女友和"国高"同学大都参加了工作，成了职业妇女，塑造着别样的人生。大姐始终没有走出家门，她把自己的全部精力都奉献给了那个大家庭。大姐是个要强的人，日子过得艰辛，事事又不肯落在人后。孩子多，没有钱添置新衣服，就大改小，旧改新。女孩子们又天性爱美，大姐就在剪裁上下功夫，尽量跟着时尚走，六个千金穿出来的衣服干净又体面，并不比别人家的孩子差，也就没有落人之后的感觉。姐夫瘫痪在床，姐姐一日三餐送到床前，还要给他换洗衣服，擦拭身子，精心呵护。为了免除卧床人的寂寞，姐姐借书订报，让姐夫打发病床上的漫长时间。在大姐的影响下，渐渐长大的孩子们也都主动担负起照顾她们父亲的责任，轮流在病床前做些力所能及的事情，端水送饭，送书送报，十年如一日，使得瘫痪在床的姐夫倍感亲情的温暖。后来刻苦读书的小叔子考上了清华大学，大姐又是一番忙碌，准备了虽然简朴却也颇为周全的出门行装，全家人高高兴兴地送他去了北京。

母亲看大姐的日子过得艰辛，自然心疼女儿，私下里责备自己当年的草率，其实那只是一种内心的不安而已，并没有什么实质意义。而且大姐回到家里，从来没有抱怨过，没有抱怨过自己的辛苦，更没有抱怨过自己的命运。日复一日，年复一年，含辛茹苦的日子是扳着指头数过来的。如今大姐的六个女儿都已长大成人，大姐也不再为衣食所忧，女儿们都很孝顺，一生安于平淡生活的大姐在女儿们的关照下，日子过得很温馨。

前几年大姐到我家来，送她回去时她不肯坐车，仍然坚持多活动身体的习惯，我便陪她从江边步行回家。江边是城市人喜欢散步的地方，遇上天气宜人的季节，会有更多的行人。路过铁路江上俱乐部时，大姐向我讲起当年的往事。大姐家住道外，夏日天长，习惯于早起的大姐天一亮就起床。她经常沿着江边一直走到铁路江上俱乐部，再返回去。来回路上一边走，一边捡头天晚上行人丢弃的冰棍杆，一路捡下来，足够用来引火做饭。等把饭做好了，再叫家人起床，大人孩子都来得及上班上学。我是个爱睡早觉的懒人，听着自然心跳，但大姐讲得很平静，话语中既没有辛劳，也没有抱怨，我想这是她漫长操劳岁月中最寻常的写照吧。

和大姐同行，不由得想起母亲心中的遗憾。我向大姐提起这件事，大姐说："有些事在老人眼里看得重一些，日子过来了，回过头去看看也没什么，再说当初也是我自己的选择。"其实人生大爱源于对他人的责任，母亲的拳拳之心源于对儿女的牵挂，同样，大姐的拳拳之心源于她对他人的倾心付出。用现代人的话来说，自己的感觉才是最重要的吧。

愿大姐健康长寿。

少年的木偶戏

20世纪60年代初，我在哈尔滨四中读书，学校号召办漫画壁报，我跃跃欲试，因为我有在学校画黑板报报头的经历，加上初生牛犊不怕虎，自己画了几幅，又从报刊上抄了几幅，挂了出去。每个班的壁报都挂在走廊里，一比较，发现我们班的壁报办得不错，很吸引人，有了点儿小名气，难免有些得意。

那时学校里的文艺活动多，逢年过节或期末放假学校和班级都搞联欢会。"大跃进"的年代兴起过一种表演形式，叫"报捷文艺"，集体表演，有朗诵，有演唱，无论是班级联欢还是学校会演，都少不了它。各班都暗自较劲，拿出看家本事争荣誉，编脚本的任务常落在我头上，这多少满足了我的创作欲望。

同学少年，人才济济，特别是仰望高中年级的同学，他们的演出让我大开眼界，出的壁报报头和插图逼真传神，引我进入了一个新天地。初中第二学期，全市要搞木偶戏会演，学校成立了民间艺术团，准备报名参加会演，我被指派当团长，主要任务还是写剧本和处理一些杂事。我虽然对文学有浓厚兴趣，但对编写木偶剧本很生疏，同学们自己动手做木偶也步履艰难，做了改，改了做，反反复复，还是不尽如人意。负责民间艺术团工作的老师叫张世俊，个子不高，额头开阔，待人很和气，虽然努力说普通话，但仍然带着很重的南方方言语调。因为民间艺术团的所有活动都在课余时间和假日进行，面对这几个热情很高又毫无经验的学生，张老师的那一份辛苦自不必说。

首先难在编写剧本，我那时年少而心气颇高，满脑子想的是大主题、大题材，对少儿题材没兴趣。参考老师找来的有关故事和剧本，加上我自己的一些想法，终于拼凑出了一个剧本，内容是歌颂劳动光荣的，主人公是森林里的小动物，熊妈妈、熊宝宝什么的，还有一个小蜜蜂参与其间，至今还记得几句主题歌歌词："小蜜蜂，采蜜忙，飞到东，飞到西……"这词和曲大概也是我从什么地方移植过来的。忙了一两个月，终于有了自己的节目，大家都松了口气。会演在市少年宫剧场进行，节目很多，整整演了一天，下午才轮到我们出场，效果不错。

演出结束后，民间艺术团没有解散，张世俊老师不知从哪里弄来四个木偶像，都是当时世界级的政治人物：美国总统艾森豪威尔、日本首相岸信介、南越总统吴庭艳、韩国总统李承晚。这些被夸大了的漫画木偶像特征突出，生动逼真，从艺术角度看颇有品位，让我们爱不释手。当时无论是社会上还是学校内，政治热情很高，为了配合国际国内形势宣传，常演些即兴的活报剧。这回，这四个形象逼真的木偶派上了用场，我们用它们来演出，抨击美国在亚洲推行的侵略政策，活跃学校的文化生活。

那时学生每年都要下乡劳动，民间艺术团带什么节目下乡演出，学校费了很多心思。现有的节目不符合农民的欣赏习惯，学校派我们到市民间艺术团观摩学习。我们来到位于道外钱塘街的民间艺术剧院，参观他们的木偶、皮影道具，在后台观看他们如何操作这些道具，学习他们的唱腔，还从头到尾地看了一场当时盛演的皮影戏《秃尾巴老李》。同学们大开眼界，雄心勃勃地想搬演这一大戏，可考虑到道具的庞杂、演员阵容的缺失，最后决定学一出既操作简单又能在农村受欢迎的剧目。选来选去，最后落到皮影戏《猪八戒背媳妇》上。这个想法得到市民间艺术团领导的支持，除提供了演出剧本外，还送给我们一套皮影道具，省去了我们自己制作的麻烦。演猪八戒的同学叫田渭滨，演孙悟空和他变的媳妇的是一名女同学，他俩很有表演天分，嗓子都不错，不仅很好地掌握了皮影戏的唱腔，也很快掌握了皮影人物的操作表演。临近秋收，民间艺术团的同学们满怀信心地跟着下乡了。

　　我们先是坐火车，在一个小站下车，这里道路泥泞，有的地方还积着水，走起来很吃力。民间艺术团带着道具，生产队准备了车马来接，等车时，听到一位带队老师一脸愁容地打电话，向学校领导汇报情况，那时长途电话效果不好，老师大声喊着。从他断断续续的喊声中，我们听出来有初一的同学病了，还有几个女同学来了例假，担心路上出问题。听着老师焦急的喊声，民间艺术团的同学把目光投向我，我从他们的目光中读懂了含义，犹豫了下，还是大步向老师走去，告诉他，民间艺术团的马车可以让给生病的同学坐，我们随大队步行。老师问，你们行吗？同学们七嘴八舌地回答：行！老师总算松了口气，放下电话向站前广场正在集合的队伍走去，不一会儿，领来了几个女生。马车来了，女同学上了装道具的马车，本来我们商量好，让民间艺术团的三名女同学跟着坐马车，但她们执意不肯，坚持和我们一起行动。

让马车的事让民间艺术团的同学心中都升腾起一股豪情，七八里的泥泞道路，大家的鞋都走掉了好几次。到地方后，学校对民间艺术团很照顾，不让我们下地，一心准备演出。但同学们心气很高，在集体活动中谁也不愿落在后边，都照常和其他同学一起下地，只是到了演出那天下午，才集合到生产队大院里做准备工作。这里有几间房的办公室，窗户开得很大，把窗户打开，正好可以挂幕布，室内灯光头天晚上就调试过了，一切准备就绪，就等晚上一台好戏登场。

演戏的消息早就传出去了，下午不时有人来打听消息，有些孩子一直逗留在院子里张望、打闹，我们这些准备演出的学生显出临战前的兴奋，不时检查准备情况，唯恐有什么疏漏，也都盼着天早点儿黑下来。天公不作美，傍晚天阴了起来，乌云越积越厚，我们开始担心：万一下雨怎么办？心里有事，送来的晚饭也吃着不香。

天终于黑了下来，院子里的人多起来，黑压压地很快挤满了院子，孩子们爬上了墙头和大树，盼着开场的锣鼓。我们在幕布后做好了准备，希望在大雨到来前演完节目。正在这时，院子里忽然安静下来，有人高声讲话。我走到外间门口张望，看到生产队长正背着光，挥着手向社员讲话，传达上级关于开展爱国卫生运动的精神。队长讲得有声有色，社员们听得却没有耐心，人群中不时骚动，我不由得心里叫苦，回头和同学们一说，大家也着急起来。眼看着大雨将至，演出泡汤，心血白流，更对不起社员的期待。而这位队长却显得从容不迫，一板一眼地讲着，没有停下来的意思。正着急时，忽听得外边一阵喧哗，压倒了队长的讲话声，显然社员们更着急，但队长几句高八度的喊声，把社员的喧哗声压了下去，队长高一声低一声地继续讲。过了一会儿，喧哗声再起，接着又是高八度的喊声占了上风，这样反复几次，我们在幕后沉不住气了，开始责怪这位队长不识时务，不近人情。我们的牢骚立刻被老师制止，让我们要耐心。而天公终于忍耐不住了，突然一股强劲的凉风翻动起挂在窗口的幕布，带进浓浓的水汽和唰唰的响声，有人跑进来喊：不好了，下雨了！屋子里的人心一下子凉到底。我再次跑到门口张望，队长终于停止了讲话，意外的是社员们并没有散开躲雨，而是在风声雨声中更向前靠拢，七嘴八舌地催促快点儿开戏。

在正式征得社员们同意后，我们的《猪八戒背媳妇》终于响起了开场锣鼓。演出十分成功，田渭滨和那位女同学的表演才能发挥得淋漓尽致，唱腔高亢流畅，对白诙谐自如，操作皮影人物的动作娴熟利落，把戏中猪八戒的憨厚迟钝、孙悟空的狡黠睿智，以及他们之间的微妙关系和生活情趣表演得惟妙惟肖，院子里传来阵阵笑声。其实，我的这两位学友也不过是刚上中学的学生，以前对这种民间表演艺术一无所知，演到这份儿上实在是很难得了。外边的雨越下越大，看戏的社员多数没带什么雨具，雨水在头上脸上流淌着，衣服像是从水里捞出来的一样，但整个演出过程没有一个人离去。

人生的起步往往预示着行走的方向，四十年前那段温馨往事让我和文学艺术结缘。我一直认为，文学艺术是解读人生的钥匙，尽管后来道路曲折，我始终没有忘记，像当年躲在幕后表演的演员一样，用我的笔向人们展示我所知道的复杂而多彩的世界。

读闲书与闲读书

　　自己喜欢读书，因心绪浮躁，不求甚解，又无章法，全凭兴趣所至，回头看看，既不会做学问，又不能济世，不过是读闲书而已。

　　少时读书，有点饥不择食，文学的、艺术的、哲学的、政治的，通俗的、高雅的，读得懂的、读不大懂的，只要身边有，拿来就读，囫囵吞枣，像填鸭似的吞吃。那时候脑子像吸水的沙漠，有多少书都能装得进去。遇上一本久慕的好书，甚至不忍一口气读完，细细品咂，如嚼美味佳肴。那时读书随意，读的书又是和课本无关的，便被视为读闲书，读闲书多了，自然让家长和师长担心。

　　那时我家有一个远房亲戚，也是读闲书的，他读《奇门遁甲》，把自己关在半地下的小屋子里，整日蓬头垢面，读得走火入魔，几乎瘫痪在里边。被人从小屋里拉出来时，满头长发，满脸胡须，脚步都蹒跚了。这件事在亲友中间流传很广，成了彼此见面必谈的话题。因此我对这类书籍一向远之，后来偶尔翻到此书，才知道不过是一种术数，是对八卦的一种演绎，我的那位亲戚一定是陷入凶吉占卜中不能自拔了。父母见我读书的样子，便有几分警惕。好在当时闲书看得虽多，并没有影响学校里的功课，父母便怀着几分忧虑、几分无奈宽容了我。

学校管得更严了，课堂不能看闲书，书包里不能带闲书，一旦发现便被没收，还要点名批评。一次我借了一本《译文》杂志，里面有连载的捷克作家哈谢克的小说《好兵帅克》，因为首先吸引我的是那些幽默可笑的插图，忍不住在课桌底下拿出来翻看。这一看便不可收拾，先是看插图，后看文字，渐渐读得忘乎所以，课堂上老师讲的什么全都听不进去了。直到有一只手按到翻开的书页上，我才清醒过来。抬头发现班主任老师已经站在我身边。班主任是一个毕业不久的女教师，扎着两条辫子，一生气就脸红，鼻翼会浸出细密的汗珠。我一见老师涨红的脸和细密的汗珠，就知道坏事了。点名批评是逃不掉了，更可怕的是央求好久才借来的杂志要被没收，无法向书的主人交代，后果不堪设想。但事到临头已无计可施，只能听天由命束手就擒了。我低下头摆出一副受苦难的样子，等着受惩罚。等待之中只见老师伸出纤细的手，拿起那本杂志翻了翻，并没有张扬，也没有带走，而是无声地把杂志放回我的课桌里，没说一句话就悄然离去。我始终没敢看老师的表情，班上也没有几个同学注意这件事，事情就这么结束了，而我自己坐在那里，由于紧张，头脑里一片空白。

回到家里，我一头扎进帅克的世界里，读得津津有味，很快把在学校里发生的事情忘掉了。但从此以后，我再也没有把任何一本闲书带进学校，我似乎觉得我不能再让老师生气了。

后来的岁月里，我不仅读书，也开始买书，再后来我做了文学编辑，读书成了我职业的一部分，可以读得理直气壮，读得随心所欲，再也没有人视我为读闲书了。但真正有条件的时候，自己却很少有时间认真读书了。忙公务、忙写作、忙应酬、忙家务，忙来忙去把读书的时间忙没了。读书变得功利，也变成了压力。应用的、应急的书摆到日程上来，虽然"活学活用，急用先学"不失为一种读书方式，和性情所至的读书毕竟有着不同的味道和效果。那种读闲书的心境没有了，浮躁心境随之而来，拿起书来或跳着读一些章节，或者大致翻一翻内容，甚至只是读一些前言、后记什么的，很少能潜下心来从头到尾读一本书了。如果说闲时读书没有系统，杂乱无章，却能让人倾心，那么忙时读书很难有深入的感受了。浅尝辄止，望而却步，成了忙人读书的写照。虽然读书没有止境，寻闲读书无疑是一个奢望。

生活忙碌，精力的分散，现在读书又无端添了许多挑剔，显得娇贵起来。白天读书心神不宁，夜里读书又打瞌睡，乱了读不进去，静了又惦记着做事情，这时便感叹，当年那份不分早晚，不分场合，不计条件，见缝插针的读书热情哪儿去了呢？

细细想起来，那时读书不求功利，玩命似的读书，全凭兴趣，没有心理负担，没有所得所失，书籍的启迪和初入人生的感悟交融，一字一句读来，虽免不了生吞活剥，但久入兰室，潜移默化，总有所熏陶。不论收获多少，养成了读书习惯和对书籍的认知，就获益匪浅了。何况闲书不"闲"，开卷有益，岂一个"闲"字了得？倒是现在虽然摆脱了事务的负担，可以坐下来寻闲读书了，可惜浮尘难洗，难寻那时读闲书的佳境了。

我们俩

　　悠悠是我的外孙女，我是她的姥爷，我们一直是好朋友。悠悠小时候就是一个淘气的小女孩，只要睁开眼睛，便没有一刻安静，床上床下、桌上桌下地攀爬，把她揽在身边，不是爬到你的腿上，就是骑上你的脖子。蹒跚学步时，带她到公园散步，一进公园的门，她就会挣脱你的手，跌跌撞撞地跑出去，追也追不上。

　　唯一能让她安静下来的事就是讲故事，小山羊、小白兔、大灰狼这些耳熟能详的角色便成了她精神生活的全部，她听得全神贯注，嘴里还不停地催促"后来呢，再后来呢？"后来多了我便接济不上，再后来索性把讲故事变成演故事，她演小羊乖乖，我演大灰狼。演来演去，大灰狼便有些疲惫，而小羊乖乖始终精神饱满，乐此不疲，我也有了一个亲昵的称谓"大灰狼伯伯"。

　　她经常把表演用的道具小板凳和小椅子摆好，拉着我的手说："大灰狼伯伯，现在游戏开始了。"

　　一个老小孩和一个小小孩便立刻进入角色，虽然没有观众的掌声，一点也不影响演员的热情。大灰狼的狡诈和小羊乖乖的智慧被不断地演绎和翻新，直到有一天她站在我面前，认真地说："大灰狼伯伯，你以后不要再来吓唬小山羊了，好不好？"

老伴儿有耐心，开始教她认字，生字卡片，汉语拼音，还有书架上的书名，街上的广告，都成了她的教材，走到哪里，学到哪里。小孩子天性也有不耐烦的时候，让她说从一到百的数字，她会站在那里，背着手，一本正经地背："不一、不二、不三、不……"数字前加一个"不"字，以示抗议。

学龄前她就开始读书了，《安徒生童话》《伊索寓言》《格林童话》《小狒狒历险记》，还有早就不知道被我放在什么地方的为我女儿和儿子买下的儿童读物，都被她找了出来。坐在我书房的小梯子上，一本接一本地阅读，有的书不知道看了多少遍。我终于松了一口气，谢天谢地，我可以不必充当讲故事的人和大灰狼伯伯了。

当然，小孩子还是喜欢玩具，各式玩具中她最喜欢芭比娃娃，芭比娃娃成了她形影不离的伙伴。

她已经拥有十几个芭比娃娃，还是不满足，还不断地缠着要买新的芭比成员。我说："你干吗这么喜欢芭比娃娃？"她理直气壮地回答："哪有女孩子不喜欢芭比娃娃的！"

我便语塞。

她还给她的芭比娃娃起名字，"莎莎、露露、菲菲、巧巧……"并按顺序排行二姐、三姐……她自己是大姐。假设出别墅区、游戏区、饭厅、厨房，给她们讲故事，开party……本来清闲了几天的我又被她动员出来，邀请我参加她们的游戏，共同举办大型赛事活动，模特比赛、歌咏比赛、选美比赛、舞蹈比赛，国内的、国际的，由她带队到北京、上海、巴黎、纽约参加比赛，我当评委，比赛的结果必然是她的芭比获得冠军（否则是通不过的）。我代表评委致辞颁奖，她代表获奖者发表感言，她把电视上选秀的词汇全都搬了下来，感谢这个，感谢那个，首先感谢的当然是她这个"玩具之家"的大姐如何如何……

她早已把当年的小羊乖乖忘到了脑后，老小孩和小小孩的游戏有了提升。

她的假期成了我最忙的工作日，不管我手头在做什么，随时都会被拉到她布置好的现场，然后郑重宣布：现在比赛开始了。然后伏在我耳边小声吩咐："今天是二姐莎莎得冠军，第一名，记住了。"我记住了，比赛结束我郑重宣布："本届冠军得主是——莎莎！"现场立刻响起欢呼声和掌声，虽然只有我们两人手舞足蹈地做效果，那气氛仍不失为热烈。

有一次我说："我怎么总觉得这事有点假。"她说："不假，必须的。"于是，比赛，发奖，致辞，凯旋，接受记者采访。

小孩子的性情是活跃而善变的，渐渐地她不再局限于带着芭比娃娃玩世界之旅了，又开始编芭比娃娃的故事。现在轮到她讲故事由我来当听众了。这一讲便不可收拾，白天讲，晚上讲，走在路上讲，坐在公交车上讲，绘声绘色，喋喋不休，听起来颇有童趣，讲起来没完没了。当你听得不耐烦时，她会追着你讲：芭比王国系列，芭比娃娃遇险系列……

　　不知什么时候，她开始拿起笔来写故事了。从小学一年级到小学四年级，三年多的时间她写了近两万字的芭比系列作品，并自己画了插图，装订成册。

　　看到她写的这些故事，我自然高兴，但也难免忧虑，担心她的兴趣会影响她的学业。果然，有一天她偷偷告诉我，在课堂上想象芭比娃娃的故事，被老师发现批评她走神。她诚实地告诉我，那时她脑子里全是芭比娃娃的故事。我的担心被证实，便同她讲大道理，诸如要以学习为主呀，玩归玩，不要影响考试成绩呀。她对我的话既不反对，也不赞成，我知道我的道理对她不是灵丹妙药，好在她的学习成绩还可以，有几次考过前三名，她的作文多是A上，有些作文还被当成范文在课堂上朗读，以打印稿的形式在班上传阅。这对我算是些许安慰。

　　我希望永远做她的大朋友，而不仅仅是一个对她疼爱有加的姥爷。

指　路

　　和朋友聊天，偶尔说起各地的民风，常以问路为例，某地人朴拙、古道热肠；某地人文雅，待人得体；某地人傲慢，冷漠排外。甚至说到某地人会有义愤填膺的感慨，因为故意让你跑冤枉路，简直是刁钻。我也是喜欢到处跑的人，因为嫌问路麻烦，每到一处，先买一份地图指南，但地图毕竟是大而化之的东西，路还是要问的。但我在给人指路时，却无意中做过两次"刁钻"的家伙。

　　一次文联在科学宫开会，第一天散会走到街上，有两个民工模样的中年人向我问路，他们要去南极市场，并说有人告诉他们，这条街上有公交车去那里，询问我车站的方位。这条街我并不陌生，只是不常走，人家一问，我的第一个反应就是这条街从来不跑公交车，便如此告之，他们应该去某条街去乘某路车。我左指右指，恨不得送人家过去。两个民工连连道谢，按照我的指点走了。第二天早上还要去那里开会，一拐进街口，便有一辆公交车从身后开过来，并停在不远的公交车站，在站牌上密密麻麻的站名里就有南极市场，这使我汗颜。

　　还有一次，我为了赶写点东西，曾临时在西郊租过一间房子。从家里到西郊，要在太平桥换车，那次因故，换车地点移到了烟厂附近。我正在那里等车，夜幕降临，路上行人叠影，这时走过来一个大学生模样的年轻人，很客气地向我询问去道外的路。我因偶然在这里换车，糊里糊涂地把那个地方当成了太平桥，便告诉他应该到马路对面去找车站，乘哪路车，到哪儿下车，那个年轻人答谢着走了。等我上了车才恍然，天色已晚，那个大学生因为我的误导，肯定吃了不少苦头。

　　生活中许多事情做起来事与愿违，远离初衷，而又无可奈何。这两件事我想起来都会忐忑不安，不知道那两位民工和那位来哈求学的大学生会怎样怨我，也可能会把这刁钻的罪名附加在哈尔滨人身上。可见助人也不是件简单的事，掉以轻心，难免把助人变成误人，好心恶果，理也理不清。

那年曾想象

人们在生存的过程中总是伴着理想、追求、抱负，那是很高雅的想法，都和个人的事业、国家的前途有关，都是很严肃的话题。但人们生活在物质环境中，衣食住行，七情六欲，容易让人想入非非。二十年前，在人们的精神生活十分贫乏，而又被翻来覆去的斗争折磨得疲惫不堪的情况下，也没有泯灭对物质生活的向往。

那时候对外开放的窗口尚没有打开，但多少有一些空隙，开始知道一些外部的世界。有资料透露，资本主义国家普通工人的工资是多少，折算成人民币是多少，尽管资料同时说明，那里的工资虽高，由于高房租、高消费，工人的工资所剩无几，但细细算来，那无几的工资也是惊人的，让人暗自思量。

那时人们对物质生活的想象力并不丰富，或者说并没有奢求。当起早上班，在汽车站台等了半个小时也不来一辆公交车，怕迟到而心急如焚的人们就想象，有一天等车别超过十分钟就好了；好容易盼来一辆公交车，你使尽浑身解数才挤上车，或者挤了一身汗终于没挤上车时，人们就想象，有一天能轻轻松松地上下车，不用这般拥挤就好了。那时人们为挑水吃发愁，为买煤难发愁，为冬日取暖发愁，为这些日常事务耗费了许多时间和精力，而十分烦恼的时候，人们就想象能住上"四全"的房子就好了。二十年前我还算幸运，住上了一屋一厨的单元房，那时就想象，再有一间能放下一张书桌、一把椅子的书房就好了。那时买米、买面、买油、买肉都要凭票证定量供应，其数量微不足道，人们就想象，有一天鱼肉蛋禽细粮能敞开供应就好了；那时北方冬天只吃土豆和大白菜，只有春节期间供应少量的青菜，那时不大敢想我们这个寒冷的城市一年四季都会有新鲜的蔬菜供应；那时彩电、冰箱、洗衣机、空调尚未列入人们的想象之中，更不用说私人汽车和住房了；那时我们这座城市刚刚建立一座高层建筑——省电视台大楼，这座大楼鹤立鸡群，直指蓝天，引人注目，走在马路上就想，有一天这座城市这种大楼林立，就应该算是实现现代化了吧。那时候还有一个不能随便说出口的想法，日常生活和工作经历告诉我们，中国实在没有那么多"反革命"，今后不要再人为地搞阶级斗争就好了。

二十年前更早的时候，那是1969年的夏天，那时我们正怒视"帝修反"，为世界上三分之二的受压迫人民担忧，忽然传来美国发射的"阿波罗11号"载人飞船登上月球的消息。这一划时代的科技成果让人失落，百感交集，心里想这些美国佬是怎么搞的，这等好事竟然让他们捷足先登，真是是可忍，孰不可忍。

这些想象力今天看来，足以证明我们的孤陋寡闻。

二十年的时间不算长也不算短，我们终于打开国门，走上务实求效的道路，所取得的成就是有目共睹的，这充分证明我们的想象力和创造力并不贫乏，思想一旦得到解放，什么人间奇迹都可以创造出来。当然，我们今天的生活也并非完美，科学技术和经济实力还不能和一些发达国家比较，我们今天的想象力，若干年后也许会被后人所不屑，那正是我们所企盼的。

道署归来

　　多年前曾写过一篇探源道台府的文章，那时道台府的建筑有太多的损毁，留下来的也因长年失修，随着岁月的侵蚀，而变得斑驳陆离、面目全非了。在那窄街小巷里，在拥挤的民房中间，道台府已踪迹难寻，偶有旧墙残瓦的房屋出现，也没有了昔日的风采。徜徉其间，望着头顶掠过的春燕，不免生出"旧时王谢堂前燕，飞入寻常百姓家"的感慨。历史巨变，百年沧桑，一处威严的关道府衙，无声无息地消融在岁月的长河中。当时没有想到，时隔九年，一座坐北朝南、三落三进的标准道署会赫然矗立起来，恢复了历史原貌，展现出昔日的风采。

　　我的感慨并非仅仅是怀古，更不是对这座封建王朝的道署有什么寄寓。从建筑艺术上讲，在我们这座以"欧陆风情"为主调的城市里，有一处青砖灰瓦的传统建筑群落，会让人感到别开生面、耳目一新，而且展示出中国传统建筑艺术的魅力和城市多元文化的风姿，更重要的是这座关道署衙见证了哈尔滨的建城历史。

19世纪末20世纪初，贫弱的中国成了世界列强眼中的一块肥肉，东北又是俄日两国虎视眈眈、垂涎三尺的风水宝地。1896年，沙皇俄国与中国签订了《中俄密约》，以中俄两国共同防御为由，取得了在黑龙江和吉林两省修建铁路的权利，使得沙俄势力在东北捷足先登。中东铁路通车后，沙俄政府又不断以种种借口扩张在东北的势力范围，这让一直蠢蠢欲动、处处与沙俄分庭抗礼的日本十分不甘心，而英、法、美等国对俄、日在华的既得利益也十分不满，都想伸出手来分上一杯羹。处于强弩之末的清王朝对此心知肚明，不得不亡羊补牢，被动设防，于1905年在哈尔滨傅家甸（现道外区）设置了滨江关道，设正四品道员辖政，并选城区偏北处修建了这座关道署衙，俗称"道台府"。这也是清王朝垂暮之际修建的最后一座道署。滨江关道除管理地方行政、司法、税收，统辖依兰府治区外，还兼管黑龙江和吉林两省的对外交涉，以应对日益繁多的主权之争。在这前后，英、法、日、美等十几个国家以维护本国侨民利益为借口，先后在哈尔滨设立了领事馆，列强之间的明争暗斗此起彼伏，无不潜伏着他们瓜分在华利益的野心。道署也成了身着礼服、打着领结、戴着白手套、拿着手杖的洋人经常出入的场所，道署里的小洋房内，时常演绎着外交礼仪与唇枪舌剑、威严与屈辱的剧目。滨江关道府衙是晚清政府在黑龙江和吉林两省行使主权的威严之地，是一座厚重的历史性建筑，这一道署的重建，成为这座在特定历史条件下崛起的城市的重要标志。

　　哈尔滨是一座有着浓重的多元文化色彩的城市。当年涌进来的中外移民，带来了各自的文化和生活习俗，从建筑风格、宗教信仰到生活方式、饮食习惯、文化娱乐等各不相同，是中西方文化的交汇地，泾渭分明而又相互融通。有的街区，多欧式建筑风格，巴洛克式、哥特式建筑鳞次栉比；有的街巷，木栏围墙的小院，绿树掩映的红顶黄墙的洋房，一家挨着一家；以本土文化为主的街区，亦受到外来文化影响。基督教、天主教、犹太教的教堂分布在城市的各个角落，佛教的极乐寺、华严寺、净土寺、镇江寺，道教的云仙观、慈云观、正阳宫、龙江寺，伊斯兰教的清真寺，还有供奉孔子的文庙，民间的武圣庙、娘娘庙、城隍庙等一应俱全。中外市民根据自己的信仰，各拜各的神，各烧各的香。市民的文化生活也呈多样性，有中国最早的电影院，有交响乐的演出，有油画传习所，有闻名的口琴社，也有供传统的京剧、评剧演出的"庆丰茶园"……中西合璧，相互交融，特别是平民生活，风气开放，敢为人先，使城市文化生活丰富多彩。

建筑是城市的历史，今天我们把这座城市的建筑风格定位在"洋"字上，重点保护了许多优秀建筑，在城市规划上，也以米黄色为基调。发展城市建设，既有历史依据，又有现实意义，这也是现代城市发展所遵循的道路。

哈尔滨的历史文化是多元的，寻找历史的痕迹、挖掘历史的记忆、恢复历史的多元风貌，是宣传文化名城、建设文化名城的重要步骤，不可偏废。作为一座有着浓郁的异域风情的城市，保护具有代表性、反映本土传统文化的建筑，显得尤为重要。历史是不可重复的，许多建筑拂去历史的尘埃，是我们解读城市历史的立体教科书。近年来市政府在这方面做了大量工作，保护道外区历史风情街、恢复有城市特色的巴洛克建筑群落，特别是重建滨江关道府衙，都是彰显哈尔滨传统文化可圈可点的工作。

老街

老街是一座城市的历史年轮。

这不是一座历史悠久的城市，当初人们来到这里时，到处是粗大的榆树和大片的湿地，偶有几户人家组成的村落零星散布其间，傅家店、四家子、秦家冈等名称便成了这座城市的早期记忆。

人挪活，树挪死，当年人们冒着极大风险，跋山涉水从四面八方来到这里，寻求生存的空间和发展的机遇。一条铁路的枢纽站，使这里迅速崛起一座现代意义的大都市，豁达的哈尔滨人便把这里当成他们的第二故乡。

哈尔滨是座包容的城市，早期移民来自世界各地，不分种族，不分肤色，不分国籍，交融在一起，他们带来了各自的文化和不同的生活方式，这座城市便有了更多的色彩和内涵。

这里说的老街是由中国人集中经营的街区。老街狭长，两侧是二三层的楼房，鳞次栉比，走进去有一种幽深的感觉。哈尔滨开埠，工商业者集聚，办商行、开店铺、兴工厂，最早形成城市雏形的大十字街向东扩展，渐成规模。远近闻名的同记商场最早就是在这里由三间普通铺面起步的。后来，在这些街巷里陆续办起天丰涌、义福增、同源永、源成东、永丰盛，以及大罗新等百货、绸布店。市面日见繁华，也吸引了外地资本，亨得利钟表眼镜、京都正阳楼肉制品、世一堂中药纷纷来此落户。

这个在渔村和湿地上建起来的都市，毫无保留地接受着外来文化的影响。这个棋盘布局形成的街区，其铺面建筑也洋溢着异域风情，楼房雕饰讲究，既有西式卷云拱花，也有福寿等传统纹饰，有的纷繁华丽，有的简洁大气，力求和这座城市的总体风格统一，又用心保留着中国人的一些理念，显示着开拓者的信心和抱负。

我出生在这个老街区，少年时代经常徜徉在这老式街巷之间，我喜欢那种幽深和久远，脚下是方石铺成的马路，两侧是渐渐失去色彩的楼房，耳边响着和这些街巷有关的故事。这座城市的先驱者带着微薄的资本来到这里寻求商机，更多的则是两手空空，带着冒险精神和憧憬从学徒做起，摸爬滚打，吃尽辛苦，一点一滴地积累资本和经验，一砖一瓦地铸起一个城市的童话。那些刻有商号吉祥名称的大门里，那些雕有如锦纹饰的大墙后边，有过铢积寸累的运筹，有过灯红酒绿的奢华，他乡寻梦，锦衣玉食，十里商场，莺歌燕舞。当然，机遇和风险是一对孪生兄弟，有春风得意，也有失落和沉沦，商海风云，难以预测，在绞杀中便有赌注命运、策划阴谋、机关算尽、潮起潮落的凶险，伴着成功者的扬眉吐气和失败者的顿足失声，这些代表气势和财富的楼房便不断地变换着主人。

旧日的街巷，经常演绎千百年来不变的"可怜最是商人妇"的悲剧，那些油漆得鲜亮的窗棂后边，昨日还伫立着用哀怨的目光凝视着街巷风景的旧妇，今日就会换上一位脂香粉浓、眉眼活泼的新人。金屋藏娇，日复一日，窗外那不变的风景，同样会有一丝哀怨爬上新人的脸庞。妻妾争宠，子孙不孝，嗜赌嗜毒，出走，种种不测，像不息的轮回令那些准备不足的商贾焦头烂额，甚至半生的辛苦付诸东流，长叹人生的无常。

老街流动着城市的血脉，成功者的故事是老街永远不衰的话题，商场巨贾武百祥先生的传奇故事在老街几乎家喻户晓。他1901年初来哈尔滨寻求商机，摆地摊，挎篮子走街串巷，卖袜子毛巾肥皂，卖花生瓜子冰糖糕，几起几落，不屈不折，抓住城市开埠的时机，经营起大罗新、同记商场、同记工厂等资本雄厚、闻名东北的企业。哈尔滨开埠的机遇和开放的环境，造就了这样一个商场风云人物，他不仅把当时西方的企业管理方式作为制度引进实业内部，还在商场办的员工夜校里，把自己的人生阅历、经商心得、商业管理要诀、商业经营应遵循的道德规范作为教材，亲自上台授课。后来又把这些教材整理出来，以《五十自述》为题，印成文字发给每一个员工。作为经商的指导思想，从上到下，贯彻到底，形成一种无形的力量。这对同记商场的繁荣发展，起到了推波助澜的作用。

历史是一把双刃剑，并不总是慷慨地把机遇留给这座城市，厄运也曾频繁笼罩哈尔滨。日本帝国主义侵占哈尔滨后，为了满足其侵华战争的需要，对哈尔滨进行了疯狂的经济掠夺，民族工商业每况愈下，几乎被摧残殆尽。许多工商实业不是奄奄一息，就是关门倒闭，市面变得萧条。

如今，许多老街已经成为明日黄花，那些一度雍容华丽的建筑随着岁月的流逝落满了历史的尘埃，掩盖了当年的风华，显得斑驳陆离，像个历经沧桑而被遗忘的老人，静静地坐卧在城市的角落里。人们走进老街，会从狭长的街巷深处，聆听到那历史老人悠长的叹息。

今天，哈尔滨又面临着新的历史机遇，旧的商业区在恢复，新的商业区在形成，城市面貌日新月异。经过近二十年的城市改造，一座座现代化的大厦拔地而起，一片片旧城区的房屋被拆除，取而代之的是宽敞明亮的现代公寓，一座充满活力和现代气息的崭新的哈尔滨屹立起来。人们回过头来去看那些老街，又唤起对这座城市历史的记忆。在这个老街区，哈尔滨开始有选择地用修旧如旧的方法，恢复了两条老街的旧貌，使之成为这个街区的民俗和历史文化的保护街巷。人们对旧式楼房进行了修补和粉刷，力求恢复旧时风貌，并在这里开辟了古玩、古籍、旧书市场，让人们走进这里的街巷，对这座城市的历史有一窥的感觉。这两条曾是商业街的老街，在历史上的旧名称是高力街和居仁街，就是现在道外区的二道街和三道街。

在恢复旧貌的老街上，还对曾是仁和永绸布店的院落进行了比较彻底的复原。走进小院，青砖小楼、雕琢的楼梯和外廊，还有檐上镂空的飞罩和油漆一新的门窗，洋溢着一个时代的建筑风韵，向人们展示出一个精致的历史窗口。

老街不仅仅是一座城市的风景，修旧如旧，恢复老街的历史原貌是一项复杂的工程，真正让老街居民内部居住条件跟上现代城市发展的步伐，还需要进行大量的工作。

这里是我出生的城市，这里有我学步的街巷，老街也因此便有说不尽的情结。

广州故事

　　我曾应广州市文联朋友的邀请，有幸去广州采风。哈尔滨和广州，一向被喻为北南两端外来文化的窗口，冰城人看花城，总会有一些特别的感受。

　　广州的朋友说，来广州不能不看南海神庙。

　　建于隋代的南海神庙，是中国历史上闻名的四大海庙之一。供奉于庙中的南海神是岭南百越人的祖先，当地人都视其为保护神，每逢出海远航都要来这里祭拜祈福。历代皇帝对其都有封号，可见其地位显赫。游览南海神庙，我被其置于前庭的一尊神像所吸引，这位被称为达奚司空的神像，高鼻深目，极具异域人的特征，神像招手而立，做远眺状。陪同参观的广州朋友介绍，这位达奚司空是一位古印度人，曾两次远航来到这里，第一次海上遇险，被当地人救起，为了感谢救命之恩，他将随身携带的两粒菠萝种子种在南海神庙前，这两粒来自古印度的菠萝种子从此在这里扎下根来，茁壮成长并繁殖蔓延。后来，当这位印度航海者再次来到这里祭拜南海神时，因迷恋这里的景色，误了归期。

家乡来的船开走了，把他一个人留了下来。他乡虽美，并非故土，思乡心切，他每天都站在那两棵长大的菠萝树下眺望，企盼着有船载他回乡。久而久之，他在菠萝树下化作一尊神。当地人为了感谢他引来菠萝树种，也同情他有家归不得的处境，在南海神庙为他立了神像尊他为菠萝神，甚至南海神庙也有了俗称——菠萝庙。

这是一个美丽的传说，也是一个让人思索的故事。这座供奉广州人祖先的神庙，为什么被当地人固执地称为"菠萝庙"，且香火不断地供奉他的神位？仅仅是因为这位印度的航海者引来了菠萝树种？这座建于隋代的南海神庙，地处古代海上丝绸之路的起点，是海上物资贸易的集散地。各国商贾、使节、海员，本地启程远航的旅人，都要到这里来祭拜南海神，以求海不扬潮，旅途平安。斗转星移，海陆变迁，当年临海而建的庙宇，如今已远离海岸，但其瞻海御风的气势依然。站在庙前，可以想见当年口岸的繁华兴旺，"番客"云集，上岸的物资和贡品在这里转口，出海的丝绸和陶瓷在这里装船。在世俗的广州人中，不乏像达奚司空那样长年在外漂泊的旅人，也有葬身异乡的不归者。那些在海上谋生的旅人和他们的亲人，将心比心，更容易厚待这种来自异乡的神灵。对菠萝神的敬奉，显示了广州人开放的心志和宽厚包容之情。

广州朋友谈起岭南文化，都把中原文化的末梢和海外文明的风头作为内涵。当然历史总是在演进，近代世界风云的变幻和封建王朝的衰微，使广州人不再那么宽容。广州查禁鸦片和三元里抗英，证明广州是感受外部世界风云最敏感的晴雨表。翻开中国近代史，岭南涌现出一大批风云人物：洪秀全、康有为、梁启超、黄遵宪、孙中山，他们无不受到西方文明的影响，其中不乏传统文化的饱学之士。康有为光绪二十一年中进士，梁启超虽然两次进京会试不第，但其儒家学养不可谓不深。这些风云人物与众不同的是，他们太强烈地感受到西方文明风势的强劲。世界潮流的对峙和冲撞，使他们看清了封建王朝的弊端，他们被海外来风吹得猛醒，振臂疾呼，开始向中原进军。他们讲变化，图新政，或者干脆举旗造反，或成或败并不重要，历史的进程向世人证明，打开闸门泄出来的洪水，再也难以收复。力图维持祖制的慈禧太后杀了变法的六君子，赶跑了康有为、梁启超，把主张变法的光绪皇帝幽禁于瀛台，但不久，她自己也悄然地推行起曾被其视为洪水猛兽的新政。可惜，衰败的封建王朝，已不可能医治自己病入膏肓的腐败躯体。

　　孙中山先生领导的辛亥革命推翻了清王朝后，面对改头换面的封建军阀势力，以天下为公为追索的孙中山先生让出了大总统的宝座，以期换取三民主义在中国的实现，由于袁世凯的复辟，孙中山先生不得不进行二次革命。历史的迂回曲折，曾使一些岭南人抱恨终生，逶迤的五岭不仅制约了中原号令的速达，也同样消耗了岭南人向北挺进的精力和豪气。

　　在改革开放的今天，广州人的领先风气终于得到充分的张扬，广州人的商品意识，广州人的改革精神，广州人的务实，广州人的财富，林林总总，曾一度是中国人的热门话题，踏入广州，身临其境，总会唤起让人寻寻觅觅的欲望。

作为改革开放的前沿城市，广州占有明星地位，是属于先富起来的沿海城市之一。由于它的地理位置、历史渊源，加上中国早期改革开放发展的不均衡，使之多少带有些神秘色彩。在外地人眼里，广州人的价值观念和生活方式总有些与众不同，甚至在早期的一些影视剧里，那些多少带有反面色彩的角色，大多讲着一口广东腔的普通话。对此广州人不以为意，他们笑纳了这些颇有意味而又概念化了的揶揄。广州人确实很讲实际，广州人很忙，广州人是抓住机遇不放的人。

为了认识现代广州人的生活日常和精神风貌，广州市文联安排了诸多参观活动：广州石化公司、五羊-本田摩托车厂、乡镇企业。在小榄，我们看到一个农业村发展成为以企业为主体的现代城镇，这里不仅消灭了城乡差别，村民的生活水平甚至远远高于城市工薪阶层的水平。当然，这种走马观花似的参观并不能让我深入广州人的内心世界。在后来参加的由广州市文联和广州市文学创作所组织撰写的、反映广州国企改革的报告文学集《集团突围》作品研讨会上，听到的两个小故事，让我对广州人的创业精神有了深刻的认识。

一个故事讲的是，当年小榄村党支部在带领村民办企业时，定了一个不成文的规矩：领导班子的家属一律不入工厂做工，而是去做人们不愿意做的清洁工。相比进厂，清洁工劳动环境艰苦，待遇低。这一举措在村民里引起很大的反响，也起到了凝聚人心的作用。15个春秋过去了，这个贫穷的农业村已经发展成"百强乡镇"，当年的党支部书记，现在的企业负责人的妻子仍然在扫大街，日复一日，年复一年。这引起女儿的不满，她向父亲提出了抗议。女儿说母亲扫大街可以，扫一年街，扫十年也行，可一扫就是15年，乡村的土路茅屋变成了柏油路和花园洋房，母亲仍在扫大街，这未免不公平。今天仍然是这里党组织和企业负责人的父亲，肯定有他的道理。但我理解做女儿的心情，甚至同样同情那位扫了15年大街的妻子的处境。现代社会应该是个机会均等的社会，每个人都享有平等竞争的机会，从这个意义上讲，我们这位成功的企业家的做法未免偏颇。但当我们客观地观察中国社会现存的、由社会变革带来的一些不尽如人意的现象时，我们就会意识到，这种牺牲是有积极意义的。

　　另一个故事说的也是一个富裕起来的乡镇企业，雇用了大批外来工人，这些工人除了正常的生产外，企业还投入巨资培训他们，只为提高他们的素质。这引起一些人的非议，认为新的打工仔都是外乡人，流动性很大，掌握了这些技能，很可能就会离岗回乡，或另谋高就，这种投资难以得到回报，甚至得不偿失。企业负责人回答，这些工人都是从边远贫困地方来的，如果他们学了技能，积累了经验，能回乡创业，等于我们支持了西部开发，有什么不好？

　　这两个故事表现出来的情结，对大多数中国人来说并不陌生，只是在社会变革、价值观念更新、人心浮躁的今天，这故事发生在经济相对发达、思想活跃的广州人身上，让一些对广州人有成见的外地人感到惊讶。其实人类进入社会生活以来，追求权力、财富、道德的统一，一直是永恒的目标，经历过近代革命洗礼的广州人也不例外。当我们漫步在商品琳琅满目、人流如潮的广州街头，被浓浓的现代物质生活营造的气氛所包围时，行走间被突然出现在眼前，那震撼人心的街名所触动时，或站立在一座座高大的纪念碑前，在肃穆中倾听那历史回声时，我都会不经意地想起这两个小故事。这座古老的商埠城市，这个频繁对外交流的口岸，曾经多次义无反顾地为国家和民族的命运而负重，无论是历史上的广州人，还是当代广州人，他们都不乏奉献精神。

广州人是创造物质财富的高手，得天独厚的条件和传统的财富理念，让他们在许多领域捷足先登，成了改革开放初期外地人学习的榜样。我想，在追求财富的同时，广州人并没有失去道德上的操守，这也是我们的改革开放事业能蓬勃发展的一个保证吧。

仰望陈家祠，习惯了简洁美的现代人，不能不为其繁盛和华丽所震撼，光是主体建筑屋脊上的陶塑人物就有200多个，热热闹闹地排列在上，强烈的视觉冲击让人耳目一新。这里的门、窗、屏、墙、梁都由木雕、砖雕、石雕、灰雕、壁画、铁艺所装饰，简直就是岭南民间建筑装饰艺术的集大成者。上面的内容多是演绎上下五千年的故事，人物、动物、花草树木，应有尽有，造型传神，富有生气，工艺精湛，美轮美奂。局部看件件是精品，整体看繁花似锦。郭沫若先生当年曾被陈家祠的建筑艺术所震动，写下"天工人可代，人工天不如"的赞美诗句。

　　这是我对陈家祠的第一印象。

　　在去西关品味广州小吃的路上，大家谈论的还是陈家祠。因为财力雄厚，广东省七十二县陈氏家亲在集资修建这个合族祠时，请了当时最著名的工匠。这种雄厚的财力和能工巧匠的结合，使这座艳丽得近似奢华的晚清公共建筑，有媚俗之嫌。其实作为民间公共建筑，本身就是民俗民情的载体，带有红火热闹的成分。任何一种艺术形式被推到极致，都会产生震撼人心的力量。大俗大雅的融通，往往在极致处交汇，精湛的民间工艺，叠构得雍容华贵后，使陈家祠成为一种风格和时尚，留给后人的是对一个时代建筑艺术的纪念和认知。

　　陈家祠建于晚清，作为陈姓宗祠和子弟读书的书院，使用时间并不长，社会的变革使得以姓氏宗祠为核心的凝聚力由散淡到瓦解，不知道从陈氏书院走出来的学子有多少光宗耀祖者。时代变迁，人世沧桑，让当初建祠人可以欣慰的是，陈家祠不仅成为广州市的一道风景，也成了一个年代民间建筑的纪念碑。

　　在一个名为"西关人家"的餐厅里，陪同我们的任桂森先生请我们品尝广州小吃。谈起广州的吃，果然名不虚传，品种之多、做工之细、形式之繁，都给我们这些北方人留下深刻印象。光是小吃的种类，就让我们应接不暇，只是点到为止，已足以让我们大饱口福。从饮食文化的角度讲，全国各地，大江南北，从大餐到小吃，各具特色，都不乏精品、绝品，让人倾倒。但广州饮食的社会化、商品化的程度，确是令人刮目相看。先是名